GALS !

First published in Japan in 1999 by SHUEISHA Inc., Tokyo.

Edition française
Traduction : Kodachiko Kureru
Adaptation graphique & lettrage : V. Léone & Bakayaro!

BP 177, 38008 GRENOBLE Cedex.
ISBN : 2.7234.4710.3
ISSN : 1253.1928
Dépôt légal : octobre 2004

Imprimé en France par HERISSEY - N° 97848
27092 Evreux Cedex - FRANCE

GALS!

MIHONA FUJII

GALS!

LISTE DES PERSONNAGES PRINCIPAUX

GALS!
JE PENSE QUE JE VAIS EMMENER TOUTES LES MEILLEURES FRINGUES QUE J'AI ACHETÉES AVEC MES ÉTRENNES...
♪ TAIWAN ! TAIWAN !! VIVE LA BOUFFE CORÉENNE ! ♪
ELLE N'A TOUJOURS PAS COMPRIS...
GNIP GNIP
HM ?!
ÇA NE VEUT PAS RENTRER !
ZAP
JE VEUX ALLER À TAIWAN AUSSI, TCHUUUU !
ARRRGH !

GALS!
[7]
CHAPITRE 25 : LES GALS VONT À TAIWAN !

ALOHAAAAAA !!...

C'est Mihona Fujii !! Voilà voilà !
Devinez où je suis en ce moment !! À Hawaii !!
Eh oui !! Je ne mens pas, c'est vraiment Hawaii !
J'ai vu un volcan, et on voit l'océan partout autour de nous !! Je donne des cookies aux oiseaux ! D'ailleurs j'écris ça pendant que je donne à manger à un oiseau, qui chante pour me remercier. C'est trop génial !!

Gals est déjà au 7^E volume !! Woooooh !! Super !! Merci d'être venus avec moi jusqu'ici ! Mille mercis !
Ran et les autres passent en terminale dans ce volume, et il y a aussi deux épisodes spéciaux. Pardon de ne pas faire plus de chapitres normaux et moins de spéciaux. (rires). S'il vous plaît, continuez quand même à lire la série ! Youhouu !!! Pour changer un peu, cette fois-ci j'ai fait des free-talks sur les pays que j'ai visités pour collecter de la documentation pour le manga.
Il y a un peu de tout, alors si ça vous intéresse, allez-y !
Mon frère a encore dessiné des trucs dans ce volume-ci, une page de manga très rigolote et deux "pubs" pour Gals, n'oubliez pas de les regarder !
J'ai aussi fait une free-talk géante sur le doublage de l'anime, à la fin du volume !

Hawaii est vraiment le pays des hibiscus !
J'ai acheté plein de fringues mimi avec des imprimés d'hibiscus ! La chambre où je suis à l'hôtel est toute rose, c'est vraiment chouette !

Du coup je suis trop contente !
J'espère qu'en lisant ça, vous le serez aussi !!
Youhouuu ! Merci à tous ceux qui ont acheté ce volume, et bonne lecture !

Mihona F.

JOURNAL DE VOYAGE DE MIHONA À TAIWAN (ET DE LA COLLECTE D'INFORMATIONS POUR LE MANGA).

Vous pouvez voir la main de Mihona, qui s'apprête à grignoter des gyôza à la crevette.

Je suis allée à Taiwan, pour collecter de la documentation pour le manga, d'où l'épisode où Ran et les autres y vont pour leur voyage scolaire ! Normalement, quand on collecte de la doc quelque part, on doit y aller tranquillement, profiter bien de chaque endroit, prendre plein de photos, etc....
Je n'ai rien pu faire dans ce genre-là, mais j'ai trouvé que les Taiwanais étaient super sympas et gentils, souriant tout le temps et tout. Ça m'a beaucoup marquée.
Et puis ils ont une super bouffe !
C'était si bon que j'ai mangé comme un goinfre ! Leur thé est aussi très bon. Je suis allée saluer les gens de "Tenshi", la version locale de Ribon, et ils sont tous adorables. Lorsque j'étais dans leur bureau, je me suis amusée à dessiner des espèces de graffitis de Tatsukichi et d'un singe, et tout le monde a tellement aimé que j'étais époustouflée. (rires).
Je n'ai rien pu voir d'autre que la capitale, mais j'ai adoré ! Je me suis dit que je vivrais là-bas sans problèmes ! Il y avait plein de fringues de Kogals à vendre partout ! Et je ne pigeais pas un seul mot de ce que les gens me racontaient ! (rires) La prochaine fois, je veux visiter d'autres parties de l'île.

GRANDE SŒUR, TU N'ES PAS PRÊTE POUR CE VOYAGE !
C'EST MOI QUI IRAI À TAIWAN À TA PLACE !!
BOING
BOING
ABRUTIE !!
T'AS MÊME PAS DE PASSEPORT, COMMENT VEUX-TU Y ALLER ?!
OHH !!
QUOI ENCORE ?!
JE... JE N'ARRIVE PLUS À SORTIR DU SAC !!
NON MAIS TU RIGOLES, J'ESPÈRE ?!
ZOING
ZOING
ORDURE ! JE DOIS PARTIR DANS MOINS D'UNE HEURE ! DÉGAGE DE LÀ !!
AHHH !
LES ENFANTS, N'ESSAYEZ PAS D'IMITER ÇA CHEZ VOUS !!
ZWOOM
HOP !
ARGH !

BON, J'Y VAIS !
SOIS PRUDENTE LÀ-BAS ! TU AS BIEN PRIS TON PASSE-PORT ?
OUI, OUI !
N'OUBLIE PAS DE NOUS RAMENER DES CADÔSSS !!
RAN...
ATTENDS UN PEU.
HM ?!
TIENS.
COMME TON PÈRE NE POUVAIT PAS VENIR TE DIRE AU REVOIR À CAUSE DE SON TRAVAIL, IL T'A ÉCRIT CETTE LETTRE.
De ton papa.
UNE LETTRE ?
FLAP
A ma fille, qui commence le long voyage de la vie...
HEIN ?!...

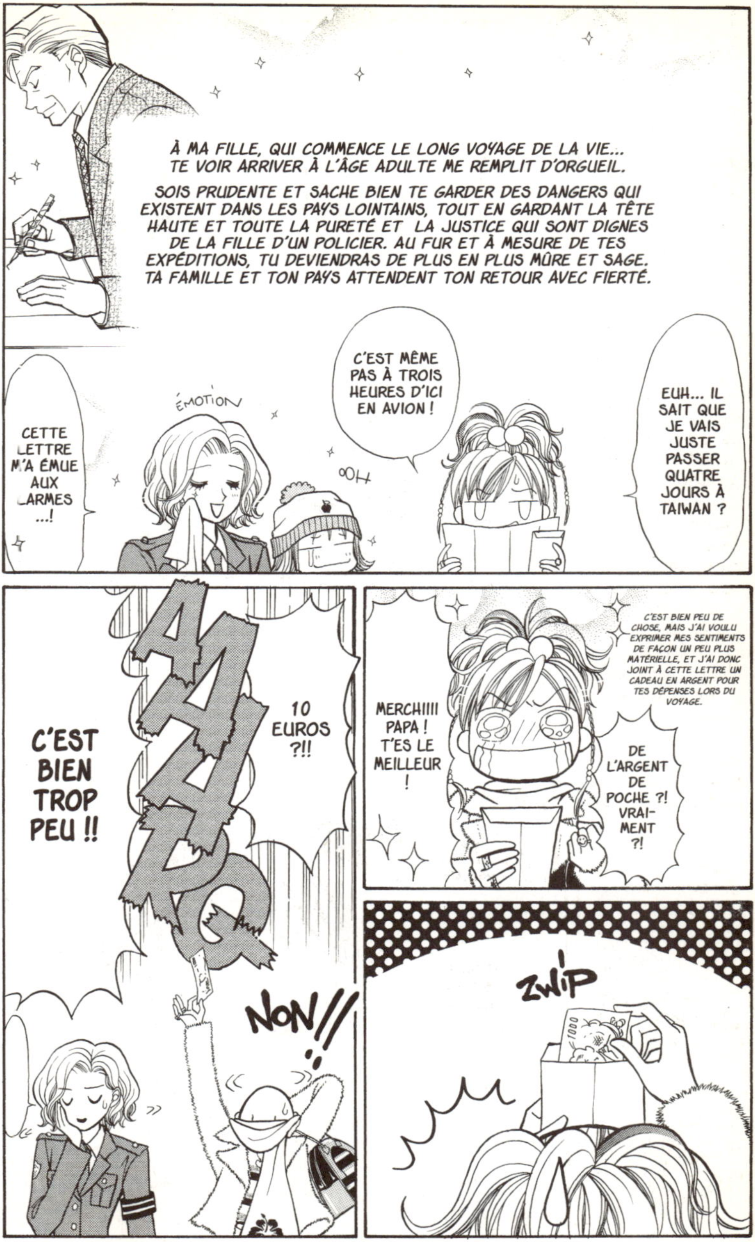
À MA FILLE, QUI COMMENCE LE LONG VOYAGE DE LA VIE... TE VOIR ARRIVER À L'ÂGE ADULTE ME REMPLIT D'ORGUEIL.
SOIS PRUDENTE ET SACHE BIEN TE GARDER DES DANGERS QUI EXISTENT DANS LES PAYS LOINTAINS, TOUT EN GARDANT LA TÊTE HAUTE ET TOUTE LA PURETÉ ET LA JUSTICE QUI SONT DIGNES DE LA FILLE D'UN POLICIER. AU FUR ET À MESURE DE TES EXPÉDITIONS, TU DEVIENDRAS DE PLUS EN PLUS MÛRE ET SAGE. TA FAMILLE ET TON PAYS ATTENDENT TON RETOUR AVEC FIERTÉ.
EUH... IL SAIT QUE JE VAIS JUSTE PASSER QUATRE JOURS À TAIWAN ?
C'EST MÊME PAS À TROIS HEURES D'ICI EN AVION !
ÉMOTION
CETTE LETTRE M'A ÉMUE AUX LARMES ...!
C'EST BIEN PEU DE CHOSE, MAIS J'AI VOULU EXPRIMER MES SENTIMENTS DE FAÇON UN PEU PLUS MATÉRIELLE, ET J'AI DONC JOINT À CETTE LETTRE UN CADEAU EN ARGENT POUR TES DÉPENSES LORS DU VOYAGE.
DE L'ARGENT DE POCHE ?! VRAI-MENT ?!
MERCHIIII PAPA ! T'ES LE MEILLEUR !
ZWIP
10 EUROS ?!!
NON !!
C'EST BIEN TROP PEU !!

LES NOUVELLES DE MIHONA

Re-alohaaa ! C'est moâââ ! (rires)

Hawaii est vraiment le pays des hibiscus, il y en a tellement, tellement, que je n'ai pas arrêté d'en acheter, acheter, acheter ! J'ai dû acheter tous les trucs avec des motifs d'hibiscus que j'ai vus. Des robes, des pyjamas, des t-shirts, des serviettes de plage, des boîtes pour bijouteries, des trucs pour les cheveux, des ceintures, des foulards, des porte-photos, bref touuuuuuuuuut ce que j'ai trouvé !

Du coup je fais cette tronche-ci, maintenant !

En plus, vous savez que je suis obsédée par la couleur rose, alors j'étais trop heureuse, il y avait de tout !! Mais bon, la vraie raison de ma venue à Hawaii... c'est... c'est...

À BIENTÔT !
BON VOYAGE !
WOoooo
LET'S TAIWAN !
DOOOOOOOOOW
GOOD LUCK !
SUPER !
TROP BON !

大飯店
HOTEL
寶王大飯店
金弘旅店
ON EST ARRIVÉES !
IL N'Y A QUE DES CARACTÈRES CHINOIS PARTOUT !

BROTHER HOTEL
VOILÀ NOTRE HÔTEL !
WAAAH !
WAAH
WAAAAH
GÉNIAL ! DE LA CUISINE CHINOISE !!
COMME JE VOUDRAIS QUE YAMATO PUISSE LA GOÛTER AVEC MOI !
MIAM MIAM
SUPER BONNES, LES CREVETTES !
IL EST DIX HEURES, C'EST L'HEURE DE SE COUCHER !
ON EST TOUTES LÀ ! BONNE NUIT !
BON, ON VA DORMIR !!
BLAM
106
QUEL BONHEUR... LA PREMIÈRE JOURNÉE S'EST PASSÉE SANS INCIDENTS !
HA

IL EST PARTI ?
OUI, IL VIENT DE PRENDRE L'ASCENSEUR !
C'EST OÙ, LE POINT DE RENCONTRE ?
LE DEUXIÈME FEU ROUGE EN TOURNANT À DROITE APRÈS LA SORTIE DE L'HÔTEL.
OK !
GO !
TIP TIP TIP TIP !!
DRÔLE DE POSE !
ZWAM
ZWIP ZWIP
TIP TIP TIP TIP
JE SUIS LÀ !

S'LUUT, AYA !
J'AI EU TELLEMENT PEUR EN VENANT JUSQU'ICI !
PERSONNE NE T'A VUE ?
NON, TOUT VA BIEN !
HÉ ! TU PARLES D'UNE IDÉE, LE COUVRE-FEU À 10 HEURES !!
COMME SI ON POUVAIT VENIR À TAIWAN ET NE PAS PROFITER DE LA NUIT !!
DE NOS JOURS, MÊME LES COLLÉGIENS NE SE COUCHENT PLUS À 10 HEURES !
TADAAM ! UN PLAN DE LA VILLE !

*QUARTIER BRANCHÉ DE TÔKYÔ.

REGARDEZ UN PEU ÇA ! IL Y A UN MACDO !!
UN MACDO ICI À TAIWAN ?!
BEN OUI...
...C'EST UNE CHAÎNE QUI EXISTE PARTOUT DANS LE MONDE, TU NE SAVAIS PAS ?
ARRÊTE D'AVOIR L'AIR AUSSI SURPRISE À CHAQUE CHOSE QU'ON VOIT !
SHIBUYA ME MANQUEUH !
UURGH !
HÉ-OH, ÇA NE FAIT MÊME PAS 24 HEURES QU'ON EST PARTIES !
OUIN
BON, EN TOUT CAS, J'AI BESOIN D'UN MAC-DO TOUT DE SUITE !
DASH
ON N'EST PAS VENUES À TAIWAN POUR ÇA !!
ON PREND UN CHEESE-BURGER ? C'EST PAS CHER !
OUI, MAIS C'EST LA MÊME CHOSE QU'AU JAPON.
REGARDEZ, JE CROIS QUE CE SANDWICH-CI N'EXISTE QU'À TAIWAN !

...eh ouiiii ! Le vrai but de mon voyage, c'était de m'acheter des montagnes de bijouterie hawaïenne ! C'est super à la mode parmi les Kogals, et maintenant j'en ai des vraies, et plus seulement des imitations !! J'en ai acheté des tonnes ! Il y a des trucs trop mignons !! On peut avoir plein de trucs personnalisés avec son nom dessus, ou d'autres choses du genre ! C'est génial ! En théorie, il faut passer une commande et attendre environ 2 ou 3 jours, mais j'ai tellement harcelé la pauvre vendeuse que j'ai réussi à avoir les miennes en même pas une demi-journée !! (rires) J'ai fait des dessins pour vous montrer mes bijoux préférés, mais comme c'est mal fait (sans crayonnés), vous ne pourrez peut-être pas bien voir de quoi il retourne, en tout cas :

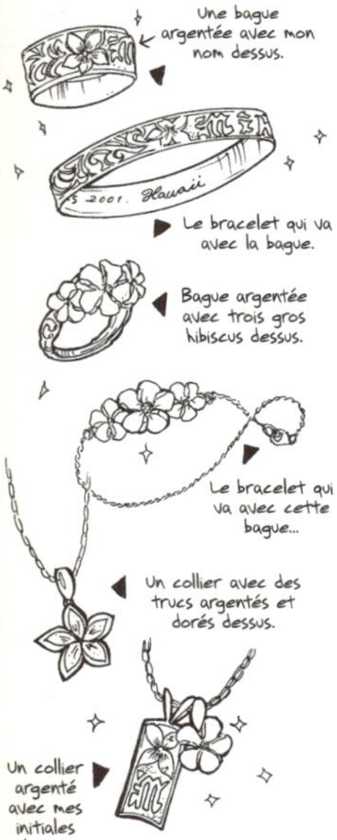

Qu'en pensez-vous ?! Qu'en pensez-vous ?!! C'est trop de la balle, non ?! Z'avez qu'à aller à Hawaii vous aussi, si vous en voulez !! Achetez-en plein !!

LES PHRASES ENTRE ( ) SONT DITES EN CHINOIS !

TOUT LE MONDE À L'AIR DE T'APPELER "LIN".
JE NE SUIS PAS LIN ! JE SUIS RAN !
ILS VEULENT DES AUTOGRAPHES ?!
AH BON, ALORS C'EST ÇAAA ?
HA HA HAHA
LA CÉLÉBRITÉ DE LA N°1 "CHARISMA GAL", RAN KOTOBUKI EST DÉJÀ ARRIVÉE À TAIWAN ?
TAC
KYAAAAaa
KYAAA
VOILÀ, VOILÀ VOS AUTOGRAPHES.
HÉ, HÉ
ELLE Y CROIT VRAIMENT !
LA REINE DE SHIBUYA, RAN KOTOBUKI.
...?!

(MAIS QU'EST-CE QUE C'EST QUE CE TRUC ?!)
(C'EST EN JAPONAIS, NON ?)
EUH
ON DIRAIT BIEN QUE CE N'EST PAS CE QU'ELLES VOULAIENT.
QUOIIII ?! COMMENT OSEZ-VOUS VOUS PLAINDRE, ESPÈCES DE...!!
(ALORS TU ÉTAIS ICI, LIN ?!)
AH ?!
(SI TU PENSES POUVOIR PASSER INAPERÇUE EN PORTANT UNE PERRUQUE PAREILLE, TU TE TROMPES !)
(ALLEZ, ON DOIT RENTRER !)
HÉ ?! J'COMPRENDS RIEN, PARLEZ JAPONAIS !!
(ATTRAPE-LA !)
HÉÉÉ ?!

J'Y PIGE QUE DALLE, MAIS...
...JE RÉPONDS TOUJOURS AUX PROVOCATIONS !!
DAW
AYAAAAH !!
TADAAAM !!
(ON N'Y ARRIVERA PAS TOUT SEULS !)
(ENVOIE-NOUS DU RENFORT !)
RAN, ARRÊTE ! QUI SAIT S'ILS NE SONT PAS DANGEREUX !
J'AI PAS FINI !!
QUELLE IDIOTE !
ALLEZ, ON SE BARRE D'ICI !
BLAH BLAH

...
LE DEUXIÈME JOUR.
CE MUSÉE FAIT PARTIE DES QUATRE PLUS GRANDS DU MONDE ENTIER.
IL Y A ICI À PEU PRÈS 620 000 OBJETS REPRÉSENTATIFS DE 5 000 ANS DE CULTURE CHINOISE.

ZURK
ZZZ...
TU DORS DEBOUT ?!
YAHOUUU, DES BRIOCHES À LA VAPEUR !!
TROP BOOOON !
JE SUIS CONTENTE D'ÊTRE EN VIIIIIIE ! VIVE TAIWAN !
MIAM ... MIAM
T'ES CONTENTE QUE QUAND TU BOUFFES, TOI !
TU VAS GROSSIR.
OH, LEUR THÉ AU JASMIN EST DÉLICIEUX !

OHH, JE CROIS QUE JE PEUX ENCORE EN BOUFFER UNE BONNE VINGTAINE...
HÉ, IL FAUT QU'ON Y AILLE !
Holidaymakers
大中至正
VOICI LE MÉMORIAL ZHONG-ZHENG.
CE PAVILLON EN L'HONNEUR DE CHIANG KAI-SHEK A MIS 11 ANS POUR ÊTRE CONSTRUIT.
BLAH
BLAH
C'EST GRAND !
COMME C'EST BEAU !
RAN, QU'EST-CE QUE TU BOUFFES ENCORE ?
UNE BRIOCHE À L'ORANGE.
MIAM

LE FAIT DE VOIR EN PERSONNE LES LIEUX DONT ON ENTEND PARLER EN COURS D'HISTOIRE EST TELLEMENT PASSIONNANT ! ÇA DONNE UNE IMPRESSION DE RÉALISME QUI EST ÉNERGISANTE !
ZOOM
MOI, ÇA ME DONNE SURTOUT SOMMEIL...
LA SHIN KONG LIFE TOWER ...
LE PALAIS DU GOUVERNEMENT ...

DIS, DIS ! ON SORT EN CACHETTE CE SOIR AUSSI ?
JE VOUDRAIS ALLER À YOICHI.
BROTHER HOTEL
HIER SOIR, C'ÉTAIT BIZARRE !
JE DÉTESTE QUAND ON ME PREND POUR QUELQU'UN D'AUTRE !
AH ! REGARDEZ UN PEU ÇA !!
MAIS...

C'EST UN TOUT NOUVEAU GENRE DE PORTABLE !
TOI AUSSI, RENTRE DANS CE NOUVEAU MONDE !
VIVIAN LIN
C'EST UN SOSIE PARFAIT DE RAN !!
NON MAIS !!
ELLE S'APPELLE VIVIAN LIN !
AHH, C'EST POUR ÇA QUE TOUT LE MONDE TE COURAIT APRÈS HIER !
MEEEUH ! JE SUIS BIEN PLUS BELLE, NON ?!
MAIS OUI, C'EST ÇA !
ALLEZ, LAISSONS-LA.
PLUS TARD, À SHIRIN YOICHI...

OHH !
ILS ONT DES PLATES-FORMES EUX AUSSI ?!!
ALORS C'EST VRAI, QUE LE JAPON EST SUPER À LA MODE À TAIWAN !
OUI, ILS ONT MÊME UN MOT POUR DÉSIGNER LES FANS DU JAPON ICI, CE SONT DES "HARRIES".
C'EST PLUTÔT BIEN, NON ?!
APRÈS TOUT, LES KOGALS DEVRAIENT ÊTRE LES LEADERS DU FUTUR DE TOUTE L'ASIE !
TIP TIP
HM ?
...

...!!
GWAAH ...
CHUT, S'IL VOUS PLAÎT !
AH !! VIVIAN LIN ?!
WOW !
TU PARLES JAPONAIS ?!
JUSTE UN PETIT PEU...
物商店
美食夜市場
EXCUSEZ-MOI DE VOUS AVOIR FAIT PEUR...
J'AI VRAIMENT BESOIN DE VOUS PARLER... S'IL VOUS PLAÎT !
...?
T'AS L'AIR D'AVOIR DES PROBLÈMES...
OUI...
ON T'ÉCOUTERA, PAS DE PROBLÈME.

QUOI ?!
ALORS TES PRODUCTEURS T'INTERDISENT D'AVOIR UN MEC PENDANT QUE T'ES SOUS CONTRAT AVEC EUX ?!
IL EXISTE ENCORE DES CONTRATS COMME ÇA DE NOS JOURS ?!
EH BEN !
ET DU COUP...
...ILS FONT TOUT CE QU'ILS PEUVENT POUR T'EMPÊCHER DE LE RENCONTRER...
30 雞排 130 鱈魚排 130 飯
MIAM MIAM
C'EST PARCE QUE JE SUIS TRÈS POPULAIRE EN CE MOMENT ...
...ILS ONT PEUR QUE MON IMAGE SOIT TERNIE PAR UN SCANDALE.
DIS, DIS, IL EST COMMENT, TON MEC ?
ON VEUT SAVOIR ! VAS-Y !
EUH...

* KIMUTAKU = SURNOM DE KIMURA TAKUYA, UN DES MEMBRES DU GROUPE " SMAP ".

WOUÏN—!
ZE TE GOMBREEENDS !
RHÔÔÔ... LES AMOUREUX SONT TOUS LES MÊMES, PEU IMPORTENT LES NATIONALITÉS !
ELLE A BEAU RESSEMBLER À RAN, ELLES SONT AUSSI DIFFÉRENTES QUE LE JOUR ET LA NUIT !
LA FERME, TOI !
EN TOUT CAS, TU NE DEVRAIS PAS TE LAISSER FAIRE PAR TES PRODUCTEURS !
C'EST L'AMOUR QUI COMPTE PLUS POUR TOI OU LE FRIC, APRÈS TOUT ?!
L'AMOUR, BIEN SÛR. IL RENTRE DEMAIN DE HONG KONG, ET J'AI DÉCIDÉ QUE J'IRAI LE VOIR À TOUT PRIX !
VOILÀ, T'ES SUR LE BON CHEMIN, ALORS !

OUI, MAIS JE BOSSE DEMAIN...
...ET APRÈS LE BOULOT, JE SUIS SÛRE QU'ILS VONT TROUVER UNE EXCUSE QUELCONQUE POUR ME RETENIR ET M'EMPÊCHER D'ALLER À SA RENCONTRE...
BAM
T'OCCUPE !
J'AI UNE SUPER BONNE IDÉE !
BON, ÉCOUTEZ-MOI. DEMAIN, ON A L'APRÈS-MIDI LIBRE À PARTIR DE 15 HEURES, ALORS ON FAIT COMME ÇA...
BZZZZ ZZ
HUM... HUM...
VOILÀ !
TROISIÈME JOUR...
LE TEMPLE HSING TIEN...
LE TEMPLE LONG SHAN...
LA VOYANTE À CÔTÉ DU TEMPLE...
JE SERAI RICHE ?!
EUH ...

À 15 HEURES...
À NISHIMON-CHÔ...
VOUS AVEZ LE RESTE DE L'APRÈS-MIDI LIBRE.
MAIS N'OUBLIEZ PAS DE REVENIR AVANT 17H30 POUR QU'ON PRENNE LE BUS.
À BIENTÔT !
DASH
VITE !!
TU ES LÀ ? VIENS VITE !
J'AI AMENÉ LES PERRUQUES.
TOILET
VOUS AUTRES, SURVEILLEZ L'ENTRÉE !
OK !
TADAAAM !!
TRANSFORMATION COMPLÈTE !

BONNE CHANCE, RAN !
JE ME DEMANDE SI ÇA IRA...
T'EN FAIS PAS, ELLE SE DÉBROUILLERA.
NO PRO-BLEM !
HÉÉ, TAXI !!
(LIN !)
(QUELLE CHANCE, JE PENSAIS QUE TU NE VIENDRAIS PLUS !)
NI-HAOOO !
(ON N'A PAS DE TEMPS !)
(TU VAS DEVOIR ALLER DIRECTEMENT SUR LE PLATEAU SANS TE CHANGER !)
ELLE M'A DIT QUE C'ÉTAIT UNE ÉMISSION TV OÙ ON N'AVAIT PAS BESOIN DE PARLER...
JE ME DEMANDE BIEN CE QUE ÇA PEUT ÊTRE.

TADADAM !
TADADATAM !
OH, NON ! C'EST UN TRUC AVEC DES QUESTIONS ET DES RÉPONSES !!
(NOUS ACCUEILLONS MAINTENANT NOTRE INVITÉE SPÉCIALE, VIVIAN LIN !!)
(JE PASSE AUX QUESTIONS !!)
VIVIAN !!
WAAH
(LE SINGE DE TAIWAN, UNE ESPÈCE RARE NE VIVANT QUE SUR NOTRE ÎLE EST AUSSI APPELÉ LE "SINGE À PATATE !")
(VRAI OU FAUX ?! C'EST À TOI, LIN !!)
VRAI OU FAUX ?! J'AI PAS COMPRIS LA QUESTION, ALORS FORCÉMENT...
BON, JE VAIS Y ALLER AU PIF !!

RAPTAPTAPTAPTA
"VRAI !!"
HYAAAA !
SHBAA
KRAKSH
SPLASH
WARGH !!
OH ––––!!!!!
KHOF, BLERGH !!
TROP DÉGUEU !!
(LE NOM CORRECT ÉTAIT "LE SINGE DES ROCHERS" !)
(DOMMAGE, VIVIAN, C'EST RATÉ !)

ZWIP !
(MAIS...)
(...TU N'ES PAS LIN !!)
QUE... QUOI ?!
SI VOUS VOULEZ TELLEMENT SAVOIR QUI JE SUIS, ALORS JE VAIS VOUS LE DIRE !
JE SUIS "THE CHARISMA GIRL" N°1 DU JAPON !
(C'EST UNE PARFAITE INCONNUE !)
OOOH...
(QUI ES-TU ?!)
ZUT, ON DIRAIT QUE JE SUIS DÉCOUVERTE !
ET MON NOM EST...
ILS NE COMPRENNENT RIEEEEN !!
AAARG
(OÙ EST LA VRAIE LIN ?!)
(ATTENDEZ UN PEU !)

MEEEUH ! LAISSEZ-MOI !!
WAAH
WAAH
AARG
OH
台北車站
LIN !!
JACK !!

(TU M'AS TELLEMENT MANQUÉ !)
ZWIP!
(JE NE TE LAISSERAI PLUS SEULE, HONEY !)
QUEL BONHEUR !
JE VAIS CHIALER !
ON DIRAIT UNE SCÈNE DE FILM !
CROTTE ! IL NE RESTE PLUS QUE QUELQUES MINUTES !
OÙ RAN PEUT-ELLE BIEN ÊTRE ?!
OOOUUUH
ICI...
ZWII-RP!
GYAARGHH!!

Et puis j'en ai profité pour ne rien faire, regarder le ciel et la mer, me promener en pensant au sens de la vie (pfff, je sais, c'est vraiment bête), parler en faux anglais avec un vieil américain venu passer les vacances à Hawaii, etc. Je me suis bien amusée !

Voilà, c'est tout ce que j'avais à dire sur mon voyage à Hawaii ! Passons maintenant aux nouvelles qui concernent Gals. J'écris ça pendant la fin août, alors qu'on vient de terminer tous les festivals d'été, et qu'on va passer à l'automne bientôt. Je suis pleine d'énergie et prête à attaquer le boulot ! Il y a eu tout un show pour le lancement de l'anime de Gals, où on a dansé la para para etc. J'étais dans les coulisses, et je me suis beaucoup amusée en dansant avec le doubleur de Tatsukichi ! L'anime est vraiment très intéressant, et plus je regarde les nouveaux épisodes, plus j'aime la série TV ! Je n'ai pas de mots pour dire combien je suis contente de leur boulot ! Un jeu pour la game boy a été lancé, et avec des amies, on n'arrête pas de se dire que l'anime est génial et d'acheter des produits dérivés ! Mais je n'ai réussi à gagner contre la console que 6 ou 7 fois, comme j'ai des ongles assez longs en ce moment, j'ai du mal à jouer.

TADAAAM !
"C'EST LE GRAND AMOUR ENTRE VIVIAN LIN ET JACK WOO !!"
*LES FLAMMES DE LA PASSION !
"NOTRE AMOUR EST TOUT CE QU'IL Y A DE PLUS SÉRIEUX !" ET "NOUS NE CRAIGNONS PLUS PERSONNE !"
ILS ONT TOUT DÉCLARÉ À LA PRESSE !
RAN !
VIVIAN ?!
SHUT !

JE SUIS VENUE TE REMERCIER.
C'EST GRÂCE À VOUS QUE JE SUIS SI HEUREUSE.
MAIS NON, MAIS NON !
APRÈS TOUT, ON S'EST BIEN DIVERTIES EN T'AIDANT !
LE "LOVE", C'EST PLUS IMPORTANT QUE TOUT AUTRE CHOSE !
N'OUBLIE PAS ÇA !
BIEN SÛR !
TU ES UNE AMIE TRÈS IMPORTANTE POUR MOI, RAN, MÊME SI ON VIT DANS DES PAYS DIFFÉRENTS !

C'EST ÉVIDENT !
TIENS ...
C'EST UN CADEAU POUR TOI.
OH, MERCI !
J'AI BOUFFÉ PLEIN DE TRUCS, ET JE ME SUIS AMUSÉE COMME UNE FOLLE !
ET MOI, J'AI PU ÉTUDIER BEAUCOUP !
FINALEMENT, ON S'EST BEAUCOUP AMUSÉES !
À PLUS ! ON REVIENDRA, TAIWAN !!
GOOD LUCK !

C'ÉTAIT QUOI, LE CADEAU ?
UN PAQUET DE BOUE TAIWANAISE POUR SE FAIRE DES MASQUES DE BEAUTÉ.
TROP RIGOLO !!
À L'AÉROPORT DE HANEDA...
RAAAAN !
TATSUKICHI ! T'ES VENU M'ATTENDRE ?!
BEN OUI !
TU M'AS ACHETÉ UN CADEAU ?
HÉ HÉ
AH !!
EUH... TIENS, CE SONT DES CHAUSSONS JETABLES, C'EST SUPER PRATIQUE !
C'EST UN DES TRUCS GRATOS QU'ON A EUS DANS L'AVION...
PAUVRE TATSUKICHI...
SUPEEER !

LA CHAMBRE DE TIMOTHY ! ♡

CHIHUAHUA !!

CHIHUAHUA !!

KYAAAH ! POUR UNE FOIS UNE PHOTO OÙ IL REGARDE LA CAMÉRA ! IL A MÊME L'AIR DE SOURIRE !

J'ARRIVE JAMAIS À PRENDRE CES PHOTOS-LÀ !

CES DERNIERS TEMPS IL PLEUT SOUVENT, ET JE NE PEUX PRESQUE PAS LE SORTIR, DONC IL EST TRISTE...

IL Y A DE PLUS EN PLUS DE LETTRES DE FANS PARLANT DE TIMOTHY. IL PARAÎT QUE CE GENRE DE CHIHUAHUA À POIL LONG EST SUPER À LA MODE EN CE MOMENT, TOUT LE MONDE EN ACHÈTE. HEUREUSEMENT, J'AI ACHETÉ TIMOTHY AVANT LE GRAND BOOM, MAINTENANT, C'EST TROP CHER !!

CES TEMPS-CI IL DORT AVEC LA TÊTE DANS MA SANDALE, ALORS TOUS LES JOURS ON SE BAT POUR LA GODASSE. C'EST TERRIBLE. MALGRÉ TOUT, JE L'AIME.

ET HOP, ON A TOUS LES INGRÉDIENTS !
JE ME DEMANDE BIEN QUEL GENRE DE CHOCOLAT JE VAIS FAIRE POUR CETTE SAINT-VALENTIN...
バレンタインのお菓子
MOI, JE ME DEMANDE PLUTÔT SI OTOHATA ACCEPTERA MON CHOCOLAT CETTE ANNÉE...
ALLEZ, NE T'INQUIÈTE PAS !! IL FAUT FAIRE DE SON MIEUX POUR QU'ILS SOIENT DÉLICIEUX, AU LIEU DE SE FAIRE DES SOUCIS POUR LE RESTE !
EN TOUT CAS, C'EST VRAIMENT CHIANT DE PRÉPARER TOUT ÇA...
(ÇA SERAIT PLUS RAPIDE DE LES ACHETER TOUT PRÊTS...)
RAAAAAN ! ARRÊTE DE MANGER NOS INGRÉ-DIENTS !!
JE TESTE ÇA POUR VOUS !! (OH, CELUI-CI EST UN PEU AMER...)
MUNCH MUNCH
BEN OUI, C'EST MARQUÉ DESSUS QUE C'EST DU CHOCOLAT NOIR...

GALS!
CHAPITRE 26 : LA BATAILLE DE LA SAINT-VALENTIN !!

I ♥ YOU
LOVE

VERS "L'ENFER DU CHAMP DE BATAILLE" (2).

MON JOURNAL DE VOYAGE EN CORÉE

L'année dernière, je suis allée en Corée avec trois copines.
On y est allées uniquement pour faire des courses et manger de la viande grillée (façon Corean Barbecue) !!
On a fait des courses au vrai marché ouvert de la grande porte de l'Est ! J'ai acheté un manteau rose tellement joli que je me suis mise à sauter partout de joie ! Le propriétaire du stand et les gens autour se sont moqués de moi comme des fous ! (rires) J'ai acheté aussi un manteau en vrai cuir et plein de maquillage, c'était super bon marché !! J'ai pris en plus des lunettes roses faites sur mesure, tout est vraiment bon marché en Corée ! Et enfin, j'en ai profité pour me faire faire des soins esthétiques ! Après ça, on est allées manger du barbecue coréen. C'était tellement bon qu'on en a mangé des tonnes ! Le Kimchi est vraiment délicieux ! On passait notre temps à dire " oh non, je vais grossir, je vais grossir ", mais on n'arrêtait pas d'en bouffer ! (rires) Les jeunes Coréens sont vraiment sympas ! Gals est publié en Corée aussi.

La viande grillée, la viande grillée !! On n'était que quatre filles, mais on a tellement bouffé, tellement bouffé, que je ne sais même plus combien on a bouffé, alors c'est dire !!

*MINI-PHOTO AUTOCOLLANTE.

TATSUKICHI, QU'EST-CE QUE TU FOUS ?!
JE CHERCHE NOTRE PELLICULA !
T'ES SÛR QUE TU CHERCHES AU BON ENDROIT ?!
EST-CE QUE TU SAIS COMBIEN CETTE PELLICULA EST IMPORTANTE POUR MOI ?!
BEN ALORS IL FALLAIT PAS LA PERDRE, IDIOT !
TU NE VOUDRAIS PAS M'AIDER À LA CHERCHER ?!
TU NE VAS JAMAIS RETROUVER UN TRUC AUSSI PETIT !!

AHH...
ET POURTANT, J'ALLAIS L'INSCRIRE AU "SUPER PELLICULA GRAND PRIX"... ELLE AVAIT DES CHANCES DE GAGNER... LE PRIX, C'ÉTAIT QUAND MÊME 40 EUROS... MAINTENANT, C'EST FICHU...
QUOI ?!
FLASH
CHERCHE ! CHERCHE !
FLAP FLAP
OUI ! VITE, CHERCHONS !
...
...
EST-... CE... QUE...

...C'EST CETTE PELLICULA-CI QUE VOUS CHERCHEZ ?!...
MAIS OUI !!
SUPER !!

STOP !
HÉ, SALE GAMIN !
ALORS IL VA FALLOIR M'ATTRAPER !
INOCHI
HEP, VOUS !
C'EST INTERDIT DE FAIRE DU SKATE ICI !
MERDE ! UN KEUF !!
ZWIII-IIM
FUITE À GRANDE VITESSE !!
TAP TAP TAP TAP
MES 40...!!
TAP TAP TAP

HÉ, HÉ
SALAUD !!
ON DIRAIT UN SINGE, AVEC SES PIROUETTES !
WOOOHHH !
HOP !
ZWOM
TADAM !
STAP
WOP
BLAM
SUPER TECHNIQUE...
...DE LA PLATE-FORME BOOMERANG !
ZWOOSH
ZWOOM
BLAM
GWAAARGH !!

AÏE——!!
Z'ÊTES PAS GENTILS... IL N'Y A QUE LES MÉCHANTS QUI RÉUSSISSENT DANS CE MONDE OU QUOI ?!
TAP
HÉ, MORVEUX !
AVANT DE VENIR DÉCONNER À SHIBUYA, IL FAUT DEMANDER LA PERMISSION DE RAN KOTOBUKI !!
渋谷センター
SLOT
SHISEIDO
KaneBo
冬のSPECIAL
T'ES ENCORE PLUS BELLE...
...EN PERSONNE !!
HE?!
INOCHI

Des nouvelles plus récentes et plus perso, maintenant... Mon frère va enfin se marier ! C'est trop bien ! En plus, Tomochin, sa meuf, est trooooop mignonne !! Je suis vraiment heureuse de pouvoir avoir une "grande sœur" aussi jolie ! J'espère qu'ils seront heureux pour toujours !

Il y a un autre truc qui ma rendue très heureuse ces derniers temps. Je suis allée au salon de beauté, et en lisant un article sur Hinano Yoshikawa pendant que j'attendais... j'ai découvert que Hinano lisait Gals !! J'ai été tellement joyeuse de l'apprendre que j'ai failli tomber de ma chaise ! Je ne rigole pas, c'est vrai !! A l'époque où j'étais à la fac, je dessinais une histoire sur les top models, et j'utilisais Hinano Yoshikawa comme modèle tout le temps !! Pardon, mais c'est que ses poses sont vraiment superbes !! Alors forcément, j'étais vraiment contente quand j'ai appris qu'elle aimait ma série !

KISS, KISS, KIIIIIISS MEEEE, PLEAAAAASE...
HÉÉÉ ?!
BLA—AM
ARGH !
NAOKI !!
ALORS C'ÉTAIT TOI QUI AVAIS VOLÉ NOTRE PELLICULA ?!
C'EST DE TA FAUTE, GRAND FRÈRE ! TU DORMAIS AVEC ÇA COLLÉ SUR TON FRONT, ALORS FORCÉMENT...
"GRAND FRÈRE" ?!
C'EST TON FRÈRE ?!

THAT'S RIGHT ! (C'EST ÇA !)
JE SUIS LE PRINCE CHARMANT DE MACHIDA...
...NAOKI KUROI, LE ROI DU SKATE !! (15 ANS)
TA RA RAAAM !
INOCHI!
ON VA T'APPELER LE OUISTITI.
OUISTITI ?! Z'ÊTES MÉCHANTS !
NE T'APPROCHE PAS DE MA PETITE AMIE, TOI !
HÉ ? MAIS JE VIENS DE DIRE TOUT À L'HEURE, RAN EST MA PETITE AMIE, À PARTIR DE MAINTENANT ! JE SUIS TOMBÉ AMOUREUX FOU DÈS QUE JE L'AI VUE SUR LA PELLICULA !

TIENS, AU FAIT !! RENDS-MOI NOTRE PELLICULA !!
SEULEMENT SI TU RETOURNES À MACHIDA !!
J'AI DIT ADIEU À MACHIDA !! (JE N'Y VAIS QUE POUR DORMIR !)
QUELLE HORREUR !
DEPUIS QUE T'AS DIT À PAPA QUE TU ABANDONNAIS LA SUCCESSION DU RESTO DE RAMEN FAMILIAL, IL EST COMPLÈTEMENT HYSTÉRIQUE !
UN RESTO DE RAMEN ?
JE NE SAVAIS PAS QUE SA FAMILLE EN AVAIT UN.
渋谷センター街
BLA BLA
BLAH BLA
TU ES LE FILS AÎNÉ ! LA TRADITION VEUT QUE TU LUI SUCCÈDES !
TU VIS DANS QUEL SIÈCLE, NAOKI ?!!
HÉ, QU'EST-CE QUI SE PASSE ?
ERGH, LE KEUF DE TOUT À L'HEURE !
ARRÊTE DE L'APPELER "KEUF" !!

ZOOO—OM
FUITE À SUPER GRANDE VITESSE !!
JE T'AI DIT QUE C'ÉTAIT INTERDIT DE FAIRE DU SKATE ICI !!
ATTENDS UN PEU !!
JE NE SAVAIS PAS QUE TU AVAIS UN VRAI "BROTHER", TATSUKICHI !
EXCUSEZ-LE. IL TRAVERSE UNE PHASE TRÈS REBELLE !
HÉ, NE ME MÊLE PAS À TES QUERELLES FAMILIALES !
RAN, TU DEVRAIS FAIRE GAFFE ! IL S'AMOURACHE SUPER FACILEMENT, ET DEVIENT COMPLÈTEMENT OBSÉDÉ PAR SA PASSION DU MOMENT !
MAIS IL EST TROP MARRANT !
J'AI ADORÉ SA CHANSON TORDUE !
RAN, TU ÉCOUTE CE QUE JE TE DIS ?!
"...JE SUIS FALLING IN LOVE WITH YOUUUU..."
BWA HA HA HA HA !!
OUI...
IL Y A DE L'ANIMATION DANS L'AIR !!

ALLEZ-Y, MANGEZ, MANGEZ !
J'AVAIS BEAUCOUP TROP DE CHOCOLAT, ALORS J'AI FAIT PLEIN DE PETITES SUCRERIES !
PURÉE, C'EST HYPER BON !
MIYU, QUEL TALENT !
BEN OUI, APRÈS TOUT, JE SUIS EN PLEIN ENTRAÎNEMENT POUR ME MARIER !! HÉ HÉ HÉ !
KYAAAH
TU VAS DÉMÉNAGER AVEC YAMATO APRÈS LA FIN DU LYCÉE ?
VOUS VOULEZ QUE JE VOUS PARLE DE MES RÊVES POUR L'AVENIR ?!
PAS DU TOUT !
HI HI, T'ES EN TRAIN DE FAIRE PLEIN DE PROJETS, JE VOIS.
HÉ !
J'AI HÂTE D'Y ÊTRE MOI AUSSI !
ALORS VOILÀ, EUH, VOILÀ CE QUE JE VEUX FAIRE !

L'AVENIR DE YAMATO & MIYU - LOVE ! ♪

À SUIVRE...

VIVRE CHAQUE PETIT DÉTAIL DE LA VIE QUOTIDIENNE À CÔTÉ DE LA PERSONNE QU'ON AIME, ÇA DOIT ÊTRE UN TEL BONHEUR !!
PLUTÔT MOURIR QU'AVOIR UNE VIE PAREILLE !
EUH...TU EN PARLES COMME SI C'ÉTAIT UN RÊVE, ET PUIS TU NOUS DÉCRIS LES TRUCS LES PLUS ENNUYEUX DE LA VIE D'UN COUPLE...
NO~ON !
JE NE VEUX SURTOUT PAS ÊTRE UN POIDS POUR YAMATO...
...DÈS QUE J'AURAI TERMINÉ LE LYCÉE, JE ME METTRAI À TRAVAILLER.
HÉ, LA MARIÉE !
FAIS GAFFE, N'OUBLIE PAS UN DÉTAIL... MON FRÈRE EST UN CRÈVE-LA-FAIM AVEC UN SALAIRE MISÉRA-BLE !
SI ÇA SE TROUVE, TOUT SON SALAIRE NE SUFFIRA QU'À LOUER L'APPART !!
HÉ !! EUH... JE DISAIS ÇA POUR RIGOLER, MOI ! NE T'EN FAIS PAS !
OUI... J'Y AVAIS PENSÉ MOI AUSSI...

TRAVAILLER ?!
TU PENSES DÉJÀ À DES TRUCS PAREILS ?!
BEN OUI, APRÈS TOUT, ON SERA BIENTÔT EN TERMINALE, NON ?
EH OUI.
ON A INTÉRÊT À COMMENCER À FAIRE DES PLANS POUR L'AVENIR.
PENSER À L'AVENIR EST UNE PERTE DE TEMPS !
POUR MOI, TOUT CE QUI COMPTE, C'EST M'AMUSER !
APRÈS TOUT, IL Y A PLEIN DE TRUCS QU'ON NE PEUT FAIRE QUE QUAND ON EST LYCÉEN, ALORS J'AI INTÉRÊT À EN PROFITER !
BEN... C'EST UNE FAÇON DE VOIR LES CHOSES, APRÈS TOUT...
POUR MA PART, TOUT CE QUE JE VEUX, C'EST UN PETIT AMI.
VOUS AVEZ DE LA CHANCE, D'AVOIR QUELQU'UN À QUI OFFRIR DES CHOCOLATS...
HM...
WOOW, T'AS DÉJÀ TOUT BOUFFÉ ?!
MWEFFIM WOHAM WUNCH. (MERCI POUR LA BOUFFE.)

LE 14 FÉVRIER...
GRANDE SŒUR !!
BA
AAM
RÉVEILLE-TOI !! RÉVEILLE-TOI DATCHUUUU !! IL NEIGE ! IL NEIGE, TCHUU !!
BOING
BOING
AOUIIIIILLE ! T'ES CHIANTE !!
ON S'EN FOUT, DE TA NEIGE !!

REGARDE UN PEU, IL A NEIGÉ TOUTE LA NUIT ! ELLE EST SUPER ÉPAISSE !
GÉNIAL ! PEUT-ÊTRE QUE L'ÉCOLE SERA FERMÉE, DU COUP !!
DASH
JE VAIS JOUER DANS LA NEIGE !!
ALLÔ ? LYCÉE HÔNAN ? AH, NAKASEN ! EST-CE QUE VOUS ÊTES FERMÉS AUJOUR-D'HUI ?
COMMENT ÇA, BIEN SÛR QUE NON ?!
SALETÉ !!
QUOI ?!
YAAAAAH !
TAPTAPTAPTAP
LE FESTIVAL DE L'ANIME DE RIBON DE 2001...
TOUT A ÉTÉ TRÈS RÉUSSI. BIEN ENTENDU, C'EST MOI QUI AI JOUÉ RAN !
C'EST ÉVIDEMMENT UN MENSONGE.

APRÈS LES COURS ...
YAHOOUUU !!
IL FAIT FROIIID !
ON VA JOUER !!

♪ LÀLÀLÀ LÈÈÈÈRE !!
TAP
TAP
J'AI TROP FROID, JE VAIS ALLER ME RÉCHAUFFER DANS LE POSTE DE POLICE DE YAMATO !
MOI AUSSI !
MY DESTINYYYY !!
HAPPY VALENTINE !!
UN PETIT BISOU !!
ZAP !
ZWAAM
ZWAMM
ZWAM
OUCH !

HÉ, NAOKI'TCHI ! T'ES UN PEU TROP JEUNE POUR AVOIR LE CULOT DE M'EMBRASSER, NON ?!
BEUUURK !
J'AI EMBRASSÉ LE BONHOMME DE NEIGE !
ERG ! ERG !
AH, LE GAMIN DE L'AUTRE JOUR !
ERGH, LE KEUF COLLANT !
C'EST INTERDIT DE FAIRE DU SKATE ICI !
NANANÈRE !
FIGURE-TOI QU'AUJOURD'HUI, JE SUIS VENU EN SNOW-BOARD !
LE SNOW-BOARD EST TOUT AUSSI INTER-DIT !!
YAMATO, J'AI QUELQUE CHOSE POUR TOI !
TIENS !
I ♥ YOU

C'EST UN CHOCOLAT EN FORME DE DEUX CŒURS QUI SE COMPLÈTENT.
IL Y A NOS INITIALES DESSUS !
OH, MERCI !
T'ES TROP MIGNONNE !
RANRAN, OÙ EST MON CHOCOLAT ?
J'EN VEUX UN MOI AUSSI !
"RANRAN" ?!
QUEL JOUUUUUR...
...SOMMES-NOUUUS ?!... LÀ LÀ LÈRE...
HURG !
GRAND FRÈRE !! TU M'AS SUIVI JUSQU'ICI ?!

JE ME FICHE QUE TU SOIS MON SEUL FRÈRE, NAOKI...
...LES CHOCOLATS DE RAN SONT POUR MOI ET PERSONNE D'AUTRE.
TSSS ! RANRAN EST TROP BIEN POUR TOI, GRAND FRÈRE ! T'ES QU'UN NAZE !
ABANDONNE ET RETOURNE À MACHIDA ! NOTRE PÈRE T'ATTEND TOUJOURS !!
JE SUIS PLUTÔT DANGEREUX, QUAND ON ME MET VRAIMENT EN COLÈRE, FRÉROT !
T'ES SÛR DE VOULOIR QUAND MÊME M'AFFRONTER ?!
VAS-Y, DÉCIDE !
C'EST ÉVIDENT !
ON VA RÉGLER ÇA ENTRE HOMMES !

T'ES BIEN COURAGEUX, P'TIT FRÈRE !
TIENS !!
C'EST QUOI, ÇA ?!
J'AI DÉJÀ VU ÇA QUELQUE PART !!
ZWAM
MATRIX !!
L'ATTAQUE FAÇON MATSUZAKA !
WOM
SHDO
ICHIROO !!

ZWOING
PLAF
T'ES VENU POUR ESSAYER DE ME PIQUER RAN OU POUR ME CONVAINCRE DE RETOURNER À MACHIDA ?!
J'EN SAIS RIEN, APRÈS TOUT !
C'EST ÇA, LEUR COMBAT ENTRE HOMMES ?...
...JUSTE UNE BATAILLE DE BOULES DE NEIGE ?
ZWOOM
POURQUOI T'AS FAIT ÇA, GRAND FRÈRE ?! POURQUOI T'AS DIT QUE TU NE REPRENDRAIS PAS LE RESTO DE RAMEN ?!
SI TU PENSAIS QUE ÇA ME RENDRAIT HEUREUX, TU TE TROMPES !!
JE N'AI JAMAIS DIT QUE JE FAISAIS ÇA POUR TOI !
JE NE FAIS QUE SUIVRE LA VOIE QUE J'AI CHOISIE !

JE SAIS BIEN QUE TU VOULAIS REPRENDRE LE RESTO DE LA FAMILLE DEPUIS QUE TU ÉTAIS TOUT PETIT...
...MAIS CE N'EST PAS POUR ÇA QUE JE SUIS PARTI.
JE NE FAIS QUE VIVRE LA VIE COMME JE L'ENTENDS.
GRAND... FRÈRE...
...T'ES SÉRIEUX ?!
COMME ILS SONT MIGNONS !
QUEL BEL AMOUR FRATER-NEL !!
PAPA EST UN VIEIL OBSTINÉ...
...MAIS TÔT OU TARD, IL SE RENDRA COMPTE DE COMBIEN TU ES SÉRIEUX ET T'ACCEPTERA COMME SUCCES-SEUR !
VISE LES ÉTOILES !!
GRAND... GRAND FRÈRE !
PARDON DE T'AVOIR CAUSÉ DES PROBLÈ-MES !!
WAH
MEUH NON, T'EN FAIS PAS !
RENDS-MOI MA PELLICULA, PAR CON-TRE !
JE VAIS PLEU-RER !
ILS SONT NULS !

BON...
EN FIN DE COMPTE, T'AS DES CÔTÉS MIGNONS TOI AUSSI.
PARDON.
J'AI PRÉPARÉ CE CHOCOLAT POUR TATSUKICHI.
...ALORS TU FERAIS MIEUX D'ABANDONNER.
TROP CONTEEEEENT !!
T'EN VEUX AUSSI, FRÉROT ? THE MONKEY CHOCO !! J'EN AI FAIT PLEIN POUR M'ENTRAÎNER !
NON MERCI... JE PRÉFÈRE RESTER SUR LE GOÛT DE CELUI DE MIYU. (LE TIEN ME FAIT PEUR.)
J'AI PERDU CONTRE TOI, GRAND FRÈRE...
...JE DOIS REPARTIR À LA CHASSE POUR ME TROUVER UNE PETITE AMIE.

ZWIP
NE T'EN FAIS PAS !
TU FINIRAS BIEN PAR TROUVER TON VRAI AMOUR !
...
ZOOOOM
HM ?
MIYUMIYU...
...T'ES TROP ADORABLE !!

ÇA Y EST, J'AI COMPRIS ! T'ES MA DESTINÉE !!
ZWAM
MAIS NOOOON !!
AARG
ARRRGH ! LÂCHE-LA ! LÂCHE-LA !!
TU NE RIGOLAIS PAS, QUAND T'AS DIT QU'IL S'AMOURACHAIT HYPER FACILEMENT !
COMBIEN DE DESTINÉES PEUT-IL AVOIR ?!
IL SERAIT LE PETIT FRÈRE PARFAIT, SANS ÇA !
DÉGAGEZ ! DÉGAGEZ ! HORS DE MA VUE !!
MEEEUH ! ON PEUT MÊME PAS DONNER DES CHOCOLATS À YÛYA POUR LA SAINT-VALENTIN ?!
QUELLE RAGE !
FERMEZ-LA ! DE TOUTES LES FILLES DE L'UNIVERS, JE SUIS LA SEULE À AVOIR LE DROIT DE DONNER QUELQUE CHOSE À MON YÛYA !!
EUH, MAMI, CALME-TOI...

C'EST POUR ÇA QUE JE HAIS SHIBUYA ! IL N'Y A QUE DES KOGALS DE DEUXIÈME CATÉGORIE ICI !!
IL N'Y A QU'À VOIR LE VISAGE DE LEUR LEADER !!
RAN, ELLE EST MÉCHANTE !
QU'EST-CE QUE TU AS DIT ?!
S'IL VOUS PLAÎT, NE VOUS BATTEZ PAS AUJOURD'HUI, VOYONS !
ON DIRAIT QU'IL A DÉJÀ REÇU PLEIN DE CHOCOLATS...
BON, IL FAUT SE JETER À L'EAU !
GYAAAH!! GYAAAH
T'ES LE TOUTOU DE MAMI, MAINTENANT ?
J'AI PEUR !
EUH, OTOHATA...
EST-CE... EST-CE QUE TU VEUX BIEN ACCEPTER MON CHOCOLAT ?

AH...
MERCI.
OTOHATA ! MANGES-EN DU MIEN AUSSI !
ÇA NE RESSEMBLE MÊME PAS À DU CHOCOLAT, ÇA...
AU MOINS IL N'EXPLOSERA PAS, CELUI-CI !
CE SONT LES RESTES, MAIS VAS-Y, PRENDS-LE !
...
J'EN VEUX PAS.
MAIS POURQUOIIII ?!

* CHOCOLAT OFFERT PAR OBLIGATION À QUELQU'UN À QUI ON DOIT QUELQUE CHOSE, (PAR OPPOSITION AU CHOCOLAT OFFERT PAR AMOUR).

REGARDE UN PEU LA VANNE QU'IL T'A ENVOYÉE, HA HA HA !!
FERME-LA ! T'EN SAIS RIEN !!
IL N'EN VEUT PAS, UNIQUEMENT PARCE QUE CE CHOCOLAT A ÉTÉ OFFERT PAR OBLIGATION ?
CE QUI VEUT DIRE QUE S'IL AVAIT ÉTÉ OFFERT PAR AMOUR, IL L'AURAIT ACCEPTÉ ?
EUH... JE DOIS PARLER À OTOHATA, ATTENDEZ-MOI ICI !!
DASH
OK !
FAIS GAFFE DE NE PAS GLISSER !
ARRÊTE DE TIRER SUR MA PAUVRE EXTENSION CAPILLAIRE !!

OTOHATA !
HAA
QUOI ?

J'AI EU UN PETIT PRESSENTI-MENT...
...NON... À VRAI DIRE, J'EN SUIS QUASIMENT CERTAINE...
...C'EST JUSTE QU'UNE PARTIE DE MON CŒUR AVAIT PEUR DE L'ADMETTRE...
...MAIS... JE DOIS ABSOLUMENT TE POSER CETTE QUESTION.

...OTOHATA...
...TU ES AMOUREUX DE RAN, NON ?
POURQUOI ME POSES-TU CETTE QUESTION ?
N'ESSAYE PAS DE T'EN SORTIR.
ÇA ME SERAIT BIEN PLUS DOULOUREUX SI TU ESSAYAIS DE LE CACHER.
JE DEVIENDRAIS COMPLÈTEMENT PARANO, JE NE POURRAIS PAS SUPPORTER ÇA.
QUELLE QUE SOIT LA RÉPONSE, JE PRÉFÈRE QUE TU ME LE DISES EN FACE.

...OUI.
JE L'AIME.
VOILÀ, TU ES CONTENTE ?
TU AS EU CE QUE TU VOULAIS, MAINTENANT QUE TU M'AS POUSSÉ À L'AVOUER.
ET MALGRÉ CE QUE TU AVAIS DIT, TU ME REGARDES AVEC DES YEUX ENCORE PLUS TRISTES QU'AVANT.
TU COMPTES PEUT-ÊTRE REJETER LA FAUTE SUR MOI, ALORS QUE TU AS TOI-MÊME SCIÉ LA BRANCHE SUR LAQUELLE TU ÉTAIS ASSISE ?

TU GÂCHES TOUTES TES CHANCES...
...PERSONNELLEMENT, JE NE PENSE PAS QUE CE SOIT LA MEILLEURE CHOSE À FAIRE.
MAIS...
C'EST QUE JE T'AIME...
...BEAUCOUP TROP...

QUELQUES JOURS APRÈS...
RANNNN !
J'AI REÇU UN COUP DE FIL DU MAGAZINE !! NOTRE PELLICULA A REMPORTÉ LE PREMIER PRIX !!
VRAIMENT ?! TROP COOL ! À NOUS LE BLÉ !!
J'ÉTAIS INQUIET À CAUSE DU FOIN QUE NAOKI AVAIT FAIT, MAIS TOUT VA BIEN !
OUAIP ! AU FAIT, TATSUKICHI...

TA DÉCISION DE VIVRE TA VIE COMME TU VEUX ET PAS SELON LE CHEMIN TRACÉ PAR TON PÈRE, C'EST VRAIMENT MON GENRE DE CHOIX...
JE NE SAVAIS PAS QU'ON AVAIT AUTANT DE CHOSES EN COMMUN !
SI ÇA SE TROUVE, C'ÉTAIT NOTRE DESTINÉE D'ÊTRE ENSEMBLE ?!
C'EST SUPER ROMANTIQUE COMME IDÉE, TU ME DONNES UN BISOU ?
WAAH !
SHBAM!!
DUCON !
J'AI TROP HONTEUH !
DIS, QU'EST-CE QUE TU LEUR AVAIS ENVOYÉ COMME PURIKURA ?
TU VEUX VOIR LA COPIE ?
HERG
C'EST QUOI CES TRONCHES IMMONDES ?!
EN PLUS, J'ÉTAIS EN TRAIN DE FERMER LES YEUX !
BEN, C'ÉTAIT LE CONCOURS DES PURIKURA DE COUPLES FAISANT DES GRIMACES, ALORS FORCÉMENT...
ET TON PETIT FRÈRE EST TOMBÉ FOU AMOUREUX DE MOI EN VOYANT CETTE PHOTO ?! IL EST PLUTÔT TORDU, CE GAMIN !!
AU MÊME MOMENT...
DÈÈÈÈÈS... LE PREMIEEEER... MOMEEENT QUE JE T'AI VUE... LE LOVE BEAAAAM...
AU SECOUUURS !!

L'ENFER DU CHAMP DE BATAILLE (2)

ET POURTANT, LA MÈRE DE MIHONA EST PLUS ÂGÉE QUE SON PÈRE...

ZAAW
CA NE VA PAS DU TOUT, KOTO-BUKI...!
À MOINS QU'UN MIRACLE NE SE PRODUISE À NOUVEAU CETTE ANNÉE, TU FINIRAS PAR REDOUBLER... !!
IL FAUT ABSOLUMENT QUE TU TE METTES À ÉTUDIER SANS CESSE TOUS LES JOURS POUR RATTRAPER TON...
ZWOP
ATCHOUUUUUM !
PARDON. SNURRRFL
MON ALLERGIE AU POLLEN EST TERRIBLE AUJOUR-D'HUI.
QU'EST-CE QUE TU VIENS DE DIRE ?
JE DISAIS QU'IL FALLAIT ABSOLUMENT QUE TU TE METTES À ÉTUDIER SANS CESSE TOUS LES JOURS POUR RATTRAPER...
ATCHOUUM ! ATCHOUM !! PARDON ! JE NE PEUX PAS T'ENTENDRE !!
...

GALS!
CHAPITRE 27 - LA TERRIBLE BATAILLE DU PROFESSEUR NAKANISHI !
SUEUR ET LARMES VERSÉS POUR QUE RAN ÉVITE LE REDOUBLEMENT !

LA PAGE DE MES DEMANDES D'EXCUSES ET AUTRES TRUCS DU GENRE !

Euh, ben, euh, ben je voulais m'excuser auprès des personnes qui lisent mes free-talks et celles qui ne lisent que les volumes reliés ! (au Japon, il y a des personnes qui lisent chaque épisode de la série lors de la sortie du magazine où elle est prépubliée, et d'autres personnes qui préfèrent attendre la sortie du volume relié).

En lisant l'épisode spécial à la fin de ce volume, sur Pink Panther X, vous avez pu vous demander ce que ça pouvait bien être... En fait Pink Panther X est déjà apparu dans le magazine, et ceux qui lisent ce dernier savent déjà que Ran est accro à la "série", mais les autres ont dû se dire : "C'est quoi ce truuuc ?!" Donc pardon !

Un autre truc, dans le même épisode, lorsque Rui demande à Rei et Aya s'il fait chaud, dans le magazine (publié au Japon seulement), j'ai écrit "aitsu" et pas "atsui"...("lui/il/ce truc-là" au lieu de "chaud") Je suis nulle, j'ai même pas vu l'erreur, et du coup la blague ne voulait plus rien dire...

Je vais faire des efforts pour m'améliorer ! Enfin, je ne peux pas vous promettre de tenir la promesse, à vrai dire, mais boooon ! (chiale) Ouin...

JOURNAL DE VOYAGE DE MIHONA EN THAILANDE.

EN MAI, UN DE MES COPAINS, LE CHAMPION DE KICK-BOXING HIROMASA MASUDA, M'A DIT QU'IL AURAIT UN MATCH DE MUAY THAÏ EN THAÏLANDE, ALORS J'Y SUIS ALLÉE POUR LE SOUTENIR ! MAASA, UNE AUTRE COPINE EST VENUE AVEC NOUS (OU PLUTÔT, ELLE M'A EMMENÉE AVEC ELLE, PUISQU'ELLE EST AGENT DE VOYAGES). C'EST FOU CE QUE LES GENS SONT PASSIONNÉS PAR LES LUTTES, DANS CE PAYS (À CAUSE DES PARIS... IL Y A BEAUCOUP D'ARGENT PARIÉ À CHAQUE COMBAT). NOTRE 'TIT HIRO A GAGNÉ, BIEN SÛR !! (DRÔLE DE FAÇON DE PARLER D'UN CHAMPION). PENDANT QU'IL SE BATTAIT, IL AVAIT UN REGARD TERRIBLE ! SES YEUX BRILLAIENT, ET ON VOYAIT BIEN QU'IL SE SAVAIT INVINCIBLE ! ON AURAIT DIT LE REGARD D'UN ROI, J'EN AI ÉTÉ TOUTE CHOSE !! ET IL EST TELLEMENT DOUX ! QUEL HOMME ! IL EST INCROYABLE !! (J'EN FAIS TROP, PEUT-ÊTRE ? (RIRES)) LE JOURS SUIVANT, ON EST ALLÉS ASSISTER À UN MATCH D'UN AUTRE JAPONAIS. IL A LUI AUSSI GAGNÉ, BIEN SÛR !! PAR K.O., EN PLUS ! ON EST TOUS ALLÉS BOUFFER ENSEMBLE APRÈS, ET ON AVAIT UN MORAL D'ENFER !! LA PHOTO D'À CÔTÉ A ÉTÉ PRISE JUSTE APRÈS LE VICTOIRE DE NOT' HIRO ! (EUH...) IL FAIT UNE POSE VICTORIEUSE !! DE GAUCHE À DROITE IL Y A MOI, HIRO ET MAASA. GALS EST PUBLIÉ EN THAÏLANDE AUSSI.

EN 30 ANS DE CARRIÈRE... J'AI EU DES HAUTS ET DES BAS... MAIS JE N'AI JAMAIS ARRÊTÉ D'AIMER LES ÉLÈVES...
TRALALA TRALALA
JE... JE... TOUT CE QUE JE VOUDRAIS, C'EST QUE MES ÉLÈVES FINISSENT LEUR ÉTUDES AVEC SUCCÈS...
ON VOUS COMPREND, PROFESSEUR !
VOUS ÊTES UN ENSEIGNANT MODÈLE !
ATCHOUUM !!
IL Y A UN VENT TERRIBLE AUJOURD'HUI !!
KOTOBUKI !! COMMENT PEUX-TU TRAITER LE PROFESSEUR NAKANISHI AVEC AUTANT D'INGRATITUDE ?!
SNIF
APRÈS TOUT, SI TU REDOUBLES, TU SERAS MALHEUREUSE TOI AUSSI, NON ?!
SNIF
MEUUUUUH NON !!
AU CONTRAIRE, L'IDÉE DE RECOMMENCER LA PREMIÈRE ME SEMBLE SUPER AMUSANTE !

KOTOBUKI ! TU DOIS ABSOLUMENT VENIR AUX EXAMENS ! TU M'ENTENDS ?!
MOUAIS, D'ACCORD.
QU'EST-CE QU'ON PEUT DIRE DE PLUS...
CE N'EST PAS CROYABLE... IL Y A TROIS AUTRES ÉLÈVES QUI RISQUENT AUSSI DE REDOUBLER ...
...MAIS LE SEUL CAS VRAIMENT DÉSESPÉRÉ, C'EST KOTOBUKI.
JE CROIS QUE VOUS DEVRIEZ VOUS HABITUER À L'IDÉE QUE KOTOBUKI REDOUBLERA, PROFESSEUR.
AH NON, SURTOUT PAS !!
WAAAH
SI ÇA VENAIT À SE PRODUIRE, ALORS SON INFLUENCE NÉFASTE SUR LES JEUNES ÉLÈVES DE PREMIÈRE S'ÉTENDRAIT ENCORE PLUS !! ELLES DEVIENDRAIENT TOUTES DES KOGALS !
NOUS NE POURRIONS PLUS NOUS EN OCCUPER !
HURG
NE... NE DITES PAS DES CHOSES PAREILLES EN PARLANT DE L'UN DE MES ÉLÈVES !
BON, J'AI COMPRIS !
JE FERAI TOUT CE QUI EST EN MON POUVOIR POUR QU'ELLE RÉUSSISSE À PASSER EN TERMINALE !
SHOOOOOOOOON
BIEN !!
ALLEZ-Y, MON HÉROS !!
NOUS VOUS AIDERONS !!
CLAP
CLAP
CLAP

QUOIIIII ?
OTOHATA T'A VRAIMENT DIT QU'IL AIMAIT RAN ?!
OUI... MAIS JE SENS BIEN QUE JE L'AI FORCÉ À AVOUER...
IL A MÊME DIT QUE J'AVAIS SCIÉ MOI-MÊME LA BRANCHE SUR LAQUELLE J'ÉTAIS ASSISE...
IL NE FAUT PAS NON PLUS QUE TU PANIQUES, AYA...
...APRÈS TOUT, IL N'A PAS L'AIR DE VOULOIR ROMPRE À CAUSE DE ÇA, SI ?
J'EN SAIS RIEN... EN TOUT CAS...
...MIYU...
...NE DIS PAS UN MOT DE CETTE CONVERSATION À RAN.
OK...MAIS POURQUOI ?

MAIS VOYONS, JE NE VEUX PAS VENIR LUI CAUSER DES PROBLÈMES ALORS QU'ELLE EST SI BIEN AVEC TATSUKICHI.
AH OK... ALORS C'EST D'ACCORD, JE NE DIRAI RIEN.
TAP TAP TAP
SALUUUUUUT !!
J'AI LA DALLE !!
BAM
SALUT !
RAN, EUH, POURQUOI EST-TU SI CONTENTE ?!
NE ME DIS PAS QUE T'AS RÉUSSI LES EXAMENS DE FIN DE TRIMESTRE ?
MIAM MIAM
NAN, J'AI TOUT FOIRÉ.
SI JE LOUPE LE REPÊCHAGE, C'EST LE REDOUBLEMENT ASSURÉ.
TIENS, MON PROF PRINCIPAL M'A DIT LA MÊME CHOSE HIER !
MÊME TOI, TATSUKICHI ?!

BWHAHAHA ! ON EST VRAIMENT TROP RESSEMBLANTS !!
OUAIS, ON VA REDOUBLER TOUS LES DEUX !!
ÇA... ÇA VOUS AMUSE ?!
BOF, 'FAUT PAS Y PENSER MAINTENANT, SI ÇA ARRIVE, TANT PIS ! JE M'EN OCCUPERAI À CE MOMENT-LÀ !
ALLEZ, ET SI ON ALLAIT PLUTÔT REGARDER LA COLLECTION PRINTEMPS DE SANDALES CHEZ 109 ?!
MAIS TU EN AS DÉJÀ ACHETÉ L'AUTRE JOUR...TU AVAIS MÊME DIT QUE TU N'AVAIS PLUS UN SOU.
C'EST BIEN POUR ÇA QUE JE VAIS JUSTE LES REGARDER !
S'IL VOUS PLAÎT, FAITES QUE LA PAIRE DE SANDALES ROSES À 150 EUROS CHEZ 109 NE SOIT PAS ENCORE VENDUE... C'EST LA TROISIÈME PAIRE DE LA DEUXIÈME ÉTAGÈRE DU HAUT VERS LE BAS, DANS LE MEUBLE AU FOND DU MAGASIN, À DROITE.
S'IL VOUS PLAÎT, QU'ELLE NE SOIT PAS VENDUE AVANT QUE J'AIE LE TEMPS DE TROUVER DU BLÉ !
ALLEZ, METS TES MAINS ENSEMBLE, COMME ÇAAA.... ON PRIE...
REGARDE UN PEU CETTE MÉMOIRE... SI ELLE S'EN SERVAIT POUR SES ÉTUDES, ÇA SERAIT UNE RÉUSSITE !!

Passons aux sujets désagréables, maintenant. Ma vision empire de plus en plus, quelle merde !! Du coup, j'ai perdu pas mal de temps à aller chez le médecin, sans parler du fait que je cause plein de problèmes à mon éditeur et à l'imprimeur avec la multitude d'erreurs que je fais et que je ne vois pas... Mille fois pardon !! On m'a fait des lunettes le jour même, et elles sont roses, bien sûr ! (rires) Ça m'a vraiment déprimée... J'ai 2.0 aux deux yeux...(chiale). C'est peut-être parce que je passe mes journées à travailler dans le noir. Je ferai plus gaffe dorénavant. Ouais. Pardon...
Sinon, je vis ma vie super tranquillement, ces derniers temps...je fais l'idiote avec mes amies (on fait tellement de bêtises !!), je joue avec Timothy, j'achète des fringues... Tiens, au fait, l'autre jour je suis allée à Shibuya et j'ai été surprise de voir le gros changement dans la mode...tous les vêtements d'automne sont là. Cette année, les motifs animaliers sont à la mode, selon ce qu'une vendeuse m'a dit. Il y a tellement de styles différents, c'est confus ! Je me suis achetée un battle dress. J'adore les fringues d'hiver aussi ! On peut en mettre plein les unes sur les autres, c'est génial ! Allez, mettez-vous sur votre 31, les filles ! Une des règles principales de la Kogal est que sa vie dépend de ses fringues ! Plutôt mourir qu'être mal habillée !! Ben en fait, n'oubliez pas non plus que dans la vie il y a l'amour et la rigolade aussi ! Bon voilà, c'étaient les nouvelles des Mihona.

TADAAAM !!
C'EST L'UNIFORME DU LYCÉE HÔNAN, DATCHUU !! D'ICI PEU, MASATO ET MOI SERONS LES MINI-DÉTECTIVES DE HÔNAN !!
AAAAAARGH
T'AS VRAIMENT RÉUSSI LE CONCOURS DU LYCÉE HÔNAN ? QUELLE MERDE, JE SERAI DANS LA MÊME ÉCOLE QUE TOI ?!
IL TE VA À MERVEILLE, SAYO !
J'AI HÂTE D'Y ÊTRE, DATCHU !!
EN PLUS, LES PROFESSEURS ONT L'AIR SI GENTILS, TCHU !
GENTILS ?! BWHAHAHA ! TU PARLES, CE SONT SURTOUT DES PAUVRES NAZES, OUI !

NOTRE PROF PRINCIPAL, PAR EXEMPLE, NAKASEN ! CE MEC A MÊME PEUR DES FANTÔMES ! C'EST VRAIMENT N'IMPORTE QUOI, BWAHAHAHAHA !!
PAF PAF
CE N'EST PAS SYMPA DE DIRE CE GENRE DE TRUCS DEVANT L'INTÉRESSÉ...
QUOI... ?!
ENFIN... TOUT CE QUE JE VOUDRAIS, C'EST QUE RAN PASSE EN TERMINALE SANS PROBLÈME...
DA
SHBAM
JE M'EXCUSE DE VOUS AVOIR DÉRANGÉ ALORS QUE VOUS ÊTES PROBABLEMENT TRÈS OCCUPÉ, MAIS J'ESPÉRAIS POUVOIR COMPTER AVEC L'APPUI DE SES PARENTS POUR...
NAKASEN ?!
QU'EST-CE QU'IL FOUT ICI ?!
BREF, SI J'AI BIEN COMPRIS CE QUE VOUS M'AVEZ DIT, PROFESSEUR...

URGH
EUH... NON, C'EST, EUH... C'EST UNE ENFANT PLEINE DE VIE ET D'ÉNERGIE, ELLE EST JUSTE UN PEU, EUH...
OH NON, EST-CE QUE JE VAIS ÊTRE ARRÊTÉ ?!
HARG!
...VOUS VOULEZ DIRE QUE MA FILLE AÎNÉE...
...PASSE SES JOURNÉES À S'AMUSER, ET N'OUVRE JAMAIS UN MANUEL SCOLAIRE ?!
ÇA FAISAIT LONGTEMPS !!
ZWOOOOM
GYAAAARGH !
PRENDS ÇAAAA ! LE "GIANT SWING" DE TAZÔ !!

RAN !!
PENSE UN PEU À TON AVENIR DANS LA POLICE ! TU NE DOIS ABSOLUMENT PAS REDOUBLER !!
WARGH
ABRUTI DE PATERNEL ! J'AI DÉJÀ DIT QUE ÇA NE M'INTÉRESSE PAS !!
WAAAAH
ALLÔ, RÉSIDENCE DES KOTOBUKI ?
RRRRR
AUJOURD'HUI, JE VAIS RÉGLER CE PROBLÈME UNE FOIS POUR TOUTES !!
TAP TAP TAP TAP
NOOOOOON !!
CHÉRI ! IL Y A UNE AFFAIRE URGENTE !
QUOI ?! J'Y VAIS !!
ZWOOM
TU N'AS RIEN OUBLIÉ ? BONNE CHANCE !
DATCHU !
OH
HAHA
VEUILLEZ NOUS EXCUSER POUR TOUTE CETTE AGITATION.
EST-CE QUE VOUS VOULEZ UN PEU PLUS DE THÉ ?
...
BON, JE VOIS QUE JE VAIS DEVOIR ME DÉBROUILLER SEUL...
CROTTE, J'AI LA TÊTE QUI TOURNE !
LE SWING D'AUJOURD'HUI ÉTAIT VRAIMENT ÉNERGIQUE !

* LES "TANDAI", OU "UNIVERSITÉS COURTES", GÉNÉRALEMENT EN DEUX ANS, FORMENT UN TRÈS GRAND NOMBRE DES EMPLOYÉES DE BUREAU AU JAPON. ON LES APPELLE SOUVENT DES "UNIVERSITÉS POUR FILLES".

EUH, EUH, VOUS Y CROYEZ VRAIMENT ?
MAIS OUI.
ET PUIS AVEC CE DIPLÔME, TU DEVRAIS POUVOIR TE TROUVER UN TRAVAIL BIEN PLUS INTÉRESSANT.
COMME PROFESSEUR DE MATERNELLE...
LA MATERNELLE... ?
TU AS DÉJÀ UNE MOYENNE SUFFISANTE POUR Y RENTRER...
...TU DEVRAIS CONSIDÉRER CETTE OPTION, PENSE À TON AVENIR.
EUH... D'ACCORD, JE VAIS Y PENSER !
BIEN.
TIENS, J'AVAIS DIT À KOTOBUKI D'ALLER ÉTUDIER PENDANT LE RÉCRÉATION, SAIS-TU SI ELLE L'A FAIT ?

JE CROIS, MAIS ELLE PORTAIT UN GRAND SAC PLEIN DE TRUCS.
UN GRAND SAC ?!
ALLONS, ALLONS, CE SONT LES SOLDES, PROFITEZ DES SUPER REMISES !!
?!
TOUT EST SUPER BON MARCHÉ !!
IL N'Y A QUE DES PRODUITS DE LA MARQUE 109, ET TOUT EST À MOITIÉ PRIX !!
C'EST PAS VRAI ! ÇA FAISAIT LONGTEMPS QUE JE VOULAIS ACHETER ÇA !
AH ! CE PULL-LÀ EST DE L'ANNÉE DERNIÈRE, ALORS IL Y A UNE REMISE SUPPLÉMENTAIRE DE 50% DESSUS !
ELLE FAIT SON PROPRE PETIT MARCHÉ AUX PUCES DANS LA COUR...
COM-MEEEENT ?!

VITE, RÉUNION DES PROFESSEURS !! IL Y A UNE URGENCE !!
DONG DONG
TLAK TLAK
OUI !!
TOUS ENSEMBLE !!
TAP TAP TAP
LUTTONS POUR QUE KOTOBUKI PASSE EN TERMINALE !!
...
UNE UNIVERSITÉ COURTE, HUM...?
SI TU METS ÇA AVEC ÇA, ÇA TE FAIT UN PETIT ENSEMBLE SUPER MIGNON !
TU LE PRENDS ?
OH OUI, OH OUI !!
KYAAAAH
KYAAAAH
RAN EST SUPER DOUÉE POUR COORDONNER DES VÊTEMENTS !

YAHOUU !
IL NE ME MANQUE PLUS QUE 4 EUROS POUR POUVOIR ACHETER MES SANDALES !
LA VOILÀ !!
ATTRAPEZ-LA !!
ERGH ! OH NON !
J'ÉTAIS SI PROCHE !!
ZWOOP
ZWOOP
KOTOBUKI ! NE RÉSISTE PAS !
ET LE BONHEUR D'APPRENDRE, TU N'Y CROIS PAS ?!
KOTOBUKI JUMP !
AH, REVIENS ICI !
ATTENDS !
C'EST ÇA, OUI !
SI ELLE CONTINUE À DÉCONNER COMME ÇA, ELLE EST SÛRE DE REDOUBLER !
ÇA SERAIT TROP COOL SI ELLE REDOUBLAIT ! ON SERAIT DANS LA MÊME ANNÉE QU'ELLE, TU IMAGINES UN PEU ÇA ?!

CE QUE TU PEUX ÊTRE CRÉTINE !
FERME-LA ! N'ATTIRE PAS LEUR ATTENTION !
SI T'AS DU TEMPS À PERDRE EN TE CACHANT DANS UNE POUBELLE, TU FERAIS MIEUX D'ÉTUDIER !
OÙ EST-ELLE PASSÉE ?!
TAP TAP...
PAR LÀ !
PFF, ILS SONT PARTIS.
RHAAA, J'EN AI VRAIMENT MARRE !
CES PROFS SONT VRAIMENT OBSTINÉS.
JE PRÉFÈRE REDOUBLER PLUTÔT QU'ÉTUDIER FORCÉE !
MAIS TU NE VEUX PAS ÉTUDIER DU TOUT...
J'AIMERAIS BIEN POUVOIR TE DONNER UNE PARTIE DE MA VOLONTÉ, MOI !
TAP TAP

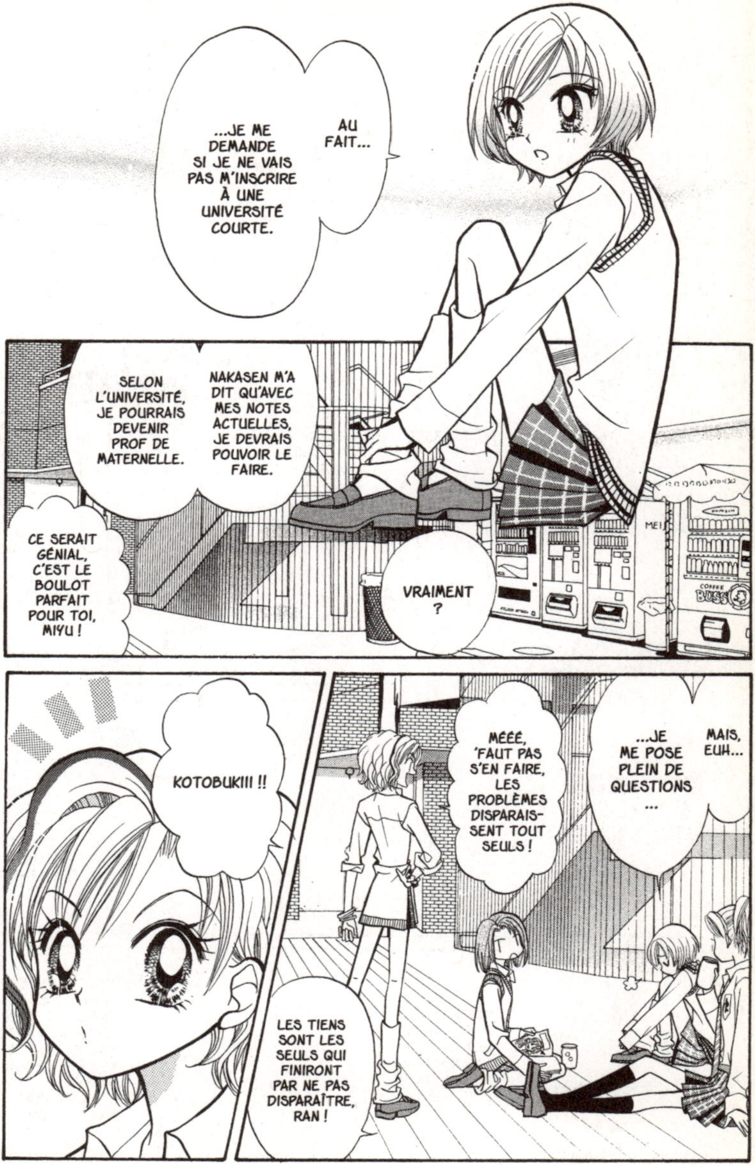
AU FAIT...
...JE ME DEMANDE SI JE NE VAIS PAS M'INSCRIRE À UNE UNIVERSITÉ COURTE.
NAKASEN M'A DIT QU'AVEC MES NOTES ACTUELLES, JE DEVRAIS POUVOIR LE FAIRE.
SELON L'UNIVERSITÉ, JE POURRAIS DEVENIR PROF DE MATERNELLE.
VRAIMENT ?
CE SERAIT GÉNIAL, C'EST LE BOULOT PARFAIT POUR TOI, MIYU !
MAIS, EUH...
...JE ME POSE PLEIN DE QUESTIONS ...
MÉÉÉ, 'FAUT PAS S'EN FAIRE, LES PROBLÈMES DISPARAIS-SENT TOUT SEULS !
LES TIENS SONT LES SEULS QUI FINIRONT PAR NE PAS DISPARAÎTRE, RAN !
KOTOBUKIII !!

TU FAIS PARTIE DU GROUPE DE REPÊCHAGE TOI AUSSI, HUM.
LE GROUPE DE REPÊCHAGE ?
LES PROFS SONT TOUS DEVENUS FOUS, EN TRAIN DE TE COURIR APRÈS.
MAIS ALORS, POURQUOI PERSONNE NE VOUS COURT APRÈS ?!
C'EST SUGIHARA.
CELLE DU VOLUME 1 ?
PARCE QUE T'ES LA PLUS CONNE DE NOUS TOUTES, TOUT SIMPLEMENT !!
NA NA NÈÈÈRE, SI TU LE DIS, C'EST TOI QUI L'ES !
T'ES TELLEMENT BÊTE QUE JE PENSE QUE TU NE COMPRENDS MÊME PAS CE QUE JE TE DIS ! TU N'AS VRAIMENT PAS UN GRAMME D'INTELLIGENCE !!
LA PREUVE, NOUS PASSERONS L'EXAMEN DE REPÊCHAGE LES DOIGTS DANS LE NEZ !
QUOI ?! COMMENT ÇA ?!

ZAAAM !!
?
C'EST UN PORTABLE, ET ALORS ?
T'ES VRAIMENT TROP GOURDE !
IL Y A UNE CAMÉRA DESSUS ! ALORS ON N'A QU'À PRENDRE EN PHOTO LES PAGES PRINCIPALES DU LIVRE, ET ON POURRA LES CONSULTER DISCRÈTEMENT PENDANT L'EXAMEN !
ET S'IL Y A UNE QUESTION QU'ON NE COMPREND PAS, HOP, ON ENVOIE UNE MAIL VITE FAIT À UN COPAIN, ET C'EST BON !
J'AI MÊME PENSÉ À LA POSSIBILITÉ OÙ NOS PORTABLES SERAIENT CONFISQUÉS AVANT L'EXAMEN, ET JE ME PROMÈNE AVEC UN FAUX TOUT LE TEMPS !!
NOS PROFS SONT VRAIMENT DES DINOSAURES, ALORS ILS NE SE RENDENT MÊME PAS COMPTE QU'ON PEUT TRICHER COMME ÇA !
KOTOBUKI, AUSSI BÊTE QUE TU SOIS, TU DOIS QUAND MÊME POUVOIR TE TROUVER UNE MÉTHODE DANS CE GENRE-LÀ POUR L'EXAMEN ?!

...FAITES PAS RIREEEE !!
NE ME...
SHDOOOOOW
DÉJÀ VUUU !
4 ARRRGH !!
CRÉTINES ! À QUOI ÇA SERVIRAIT DE RÉUSSIR L'EXAMEN EN SE SERVANT D'UNE MÉTHODE PAREILLE ?!
VOUS N'AVEZ DONC AUCUNE FIERTÉ D'ÊTRE DES KOGALS ?!

C'EST... C'EST FACILE DE SE LA JOUER COMME ÇA, MAIS TU ES COMPLÈTEMENT INCAPABLE DE RÉUSSIR CET EXAMEN ! SI TU TE CROIS SI FORTE, ALORS MONTRE-NOUS !!
C'EST QUAND TU VEUX !!
JE RÉUSSIRAI LE REPÊCHAGE EN GRAND STYLE ET SANS TRICHER !!
COMBIEN TU PARIES ?!
4 EUROS !
QUEL COURAGE !! J'ACCEPTE TON PARI SANS HÉSITER !!
SI TU REDOUBLES, TU SERAS LA RISÉE DE TOUT LE MONDE !
OUI, SOUVIENS-TOI DE ÇA !
FOUTEZ-MOI LE CAMP !
QUEL BAZAR POUR UN PARI AUSSI INSIGNIFIANT... 4 EUROS...
COMMENT ON FAIT POUR ÉTUDIER ?! COMMENT ÇA MARCHE ?! ARGHHHH !!
ET DIRE QU'IL NE RESTE PLUS QU'UNE SEMAINE AVANT LES EXAMENS...
JE VOIS QU'ON VA PASSER DES NUITS BLANCHES, NOUS AUSSI !
PFF !!

LE JOUR SUIVANT...
WOW !
Fight (Migu)
Ne dors pas (Saki)
Montre-nous ta force (Rie)
Bonne Chance ! (Aya)
T'Y ES PRESQUE
SI J'APPRENDS TOUT ÇA PAR CŒUR JE DEVRAI RÉUSSIR ?!
OUAIS, COMMENCE TOUT DE SUITE !
NOUS AVONS COUVERT TOUS LES POINTS QUI RISQUENT D'ÊTRE ABORDÉS.
ÇA NOUS A PRIS UNE NUIT ENTIÈRE.
BEEEURK, VOUS VOULEZ DIRE QUE JE DOIS APPRENDRE CES FORMULES MATHÉMATIQUES AUSSI ?!
渋谷駅前交番
TU TE PLAINS ?!
PAS DU TOUT !
YAMA-TO...
...À QUELLE HEURE TU FINIS AUJOURD'HUI ?
D'ICI À PEU PRÈS UNE HEURE, POURQUOI ?

J'AVAIS BESOIN DE TE PARLER...
UNE UNIVERSITÉ COURTE ?
JE TROUVE QUE C'EST UNE IDÉE GÉNIALE.
MAIS... À VRAI DIRE, J'AVAIS PENSÉ TRAVAILLER QUAND J'AURAIS FINI LE LYCÉE, ALORS...
...SANS PARLER DU FAIT QUE L'UNIVERSITÉ, ÇA COÛTE DU FRIC !
TU N'AS ABSOLUMENT PAS À T'INQUIÉTER POUR ÇA.
C'EST À MOI DE M'OCCUPER DE CES PROBLÈMES-LÀ.

TOUT CE QUE JE VEUX, C'EST QUE TU SOIS HEUREUSE.
RIEN NE ME DONNE PLUS DE BONHEUR QUE DE TE VOIR RAYONNANTE DE JOIE, EN TRAIN DE FAIRE LES CHOSES QUE TU AIMES.
T'EN FAIS PAS POUR L'ARGENT...
...JE SUIS DÉJÀ EN TRAIN DE PRÉPARER NOTRE AVENIR, ALORS TU PEUX T'INSCRIRE À L'UNIVERSITÉ QUE TU VOUDRAS.
YAMATO...
JE SUIS TELLEMENT HEUREUSE !!

MIYUMIYU !!
DRUG COSMETICS
FRAGRANCE
ROLL ROLL ROLL
牛丼
吉野家
YOSIMOYA
TU M'AS MANQUÉE !!
I.NOCHI
HARG
AÏE, LE REVOILÀ...
WARGH !
GNAP
LÂCHE-MOI ! JE VEUX ALLER REJOINDRE MA MIYUMIYU ADORÉE !
CA AUSSI, C'EST INTERDIT !
ABSOLUMENT INTERDIT !!
HARG
HARG
I.NOCHI
YAMATO...
HI HI
TIENS TIENS, LE GAMIN AU SKATE !
JE T'AI DÉJÀ DIT QUE C'ÉTAIT INTERDIT D'EN FAIRE ICI !
AH ! T'ES EN CIVIL AUJOURD'HUI, LE KEUF ?!
EUH, NAOKI...

SHIBUYA 109
JE SUIS FLATTÉE PAR TES SENTIMENTS, MAIS J'AI DÉJÀ RENCONTRÉ LA PERSONNE QUI M'ÉTAIT DESTINÉE...
...ALORS EXCUSE-MOI...
CO... COMMEEENT ?!
OUAIP ! C'EST YAMATO ! NOUS SOMMES FIANCÉS !
VOILÀ !
AWOOOORGH !!
QUELLE MISÈÈÈRE !!
JE NE TROUVERAI DONC JAMAIS MON ÂME SŒUR ?!
WOOOM
WAAAAAH!!
EUH, PARDON, NAOKI !!
SI C'EST COMME ÇA, JE PARTIRAI EN VOYAGE LOIIIIN !!
ET HOP, JE TESTE LA NOUVELLE ROLLING ATTACK !
DATCHUU ?!
SHA——BA
AOUUCH !!
ZWOOP!!

EUH, EUH, EST-CE QUE ÇA VA, DATCHUUU ?! SAYO AU RAPPORT ! IL SEMBLE RESPIRER CORRECTEMENT, ET NE PAS AVOIR DE BLESSURE VISIBLE !
...
ZOOOOOOOOM...
HUM ?
QUELLE SITUATION...
SPÉCIALE...
C'EST TOI MA VRAIE DESTINÉE !
DE QUOIII, TCHU ?!
ZWIP
8 ...
AÏE, AÏE, AÏE ...

LA CRÉATION DU BAKUFU DE KAMAKURA, 1192 !
GENGIS KHAN A ESSAYÉ D'ENVAHIR LE JAPON !
C'EST UN MIRACLE...
OUI ! C'EN EST UN...
C'EST SÛREMENT NOTRE AMOUR QUI L'A MISE DANS LA BONNE VOIE !
OUI ! L'AMOUR S'EN SORT TOUJOURS VICTORIEUX ! C'ÉTAIT DONC VRAI !!
TOKIMUNE HÔJO, NHK...
TU SAIS, CE GARÇON M'A DIT QU'IL COMPTAIT ARRÊTER SES ÉTUDES APRÈS LE COLLÈGE ET TRAVAILLER DANS LE RESTO DE RAMEN DE SA FAMILLE !
MAIS QUAND JE LUI AI DIT QU'IL Y AVAIT UN EXAMEN D'ENTRÉE SUPPLÉMENTAIRE POUR HÔNAN ET QU'IL POUVAIT ENCORE LE PASSER, IL A EU L'AIR SOUDAINEMENT INTÉRESSÉ, ET M'A PROMIS D'ESSAYER.
YOSHIMITSU ASHIKAGA !!
HÉ, TU M'ÉCOUTES ?!

LE JOUR DE L'EXAMEN DE REPÊCHAGE...
ZWOM
ZWOM
TROP FASTOCHE !! YAHOUU !
LES 4 EUROS !!
MES SANDALES !
SILENCE PENDANT L'ÉPREUVE !
TIC TIC TIC
CETTE FOIS-CI, ON NE PEUT VRAIMENT PAS PARLER DE MIRACLE.
MES COPINES ONT JUSTE TROUVÉ LE MOYEN IDÉAL D'EXPLOITER MON EXCELLENTE MÉMOIRE...
COMME PAR MAGIE, DÈS QUE L'EXAMEN S'EST TERMINÉ, J'AI TOUT OUBLIÉ...
MAIS À CE MOMENT-LÀ, LE PARI ÉTAIT DÉJÀ GAGNÉ, ET J'AI PU M'ACHETER MES SANDALES !
CE QUE C'EST BLEU !

POSTFACE

Wooooow ! Dans ce volume-ci, je n'ai presque pas fait de free-talks ! J'y crois pas !! C'est à cause des deux épisodes spéciaux. Quel dommage, mais bon, amusez-vous avec les épisodes spéciaux ! Je vais me répéter, mais je voudrais encore une fois remercier mon responsable éditorial, Tomy, ainsi que tout le monde du service éditorial, les coursiers et l'imprimeur. Merci à maman, qui arrive à me supporter malgré tout et à m'aider dans mon boulot, à mon adorable papa, ma grand-mère et mon frérot. Merci aux personnes qui ont fait de Gals un super dessin animé, vive le studio Pierrot ! Merci à tout le monde qui a participé au doublage de la série ! Merci à mes copines qui sont toujours là pour m'aider dans mes moments de déprime. Merci encore à Tomy parce qu'il m'envoie toutes ces goodies de Gals ! Merci à ceux qui ont fait le jeu vidéo ! Et mille meeeeeerrciiiiiieuuhhh à tous ceux qui lisent le manga !! Oui, vous tous !! RDV dans le volume 8 !! (Kwââââ ?! Un volume 8 ? C'est pas vrai ?! Siiiiii !!)

QUAND JE DEVIENS SÉRIEUSE, JE RÉUSSIS TOUT CE QUE J'ENTREPRENDS !
VOILÀ LA VOIE ROYALE DES KOGALS !!
SUUUUUPER ! C'EST TROP BIEN !
OUCH, OUCH ! ATTENDS, J'AI PAS FINI !

JE DOIS VOUS REMERCIER TOUTES.
SANS VOUS, ÇA N'AURAIT PAS ÉTÉ POSSIBLE.
MAIS VOYONS, ON VOULAIT QUE LA BANDE RENTRE AU COMPLET EN TERMINALE, RAN !
EH OUI ! IL FALLAIT BIEN QU'ON PRENNE SOIN DE TOI, DU COUP !
OUAIP, OUAIP !
MEUUUUUUH !
TIENS, CETTE ANNÉE ON N'AURA PLUS NAKASEN COMME PROF PRINCIPAL, JE CROIS ?
J'AI ENTENDU DIRE QU'À PARTIR D'AVRIL, IL DEVIENDRAIT PROF PRINCIPAL DES SECONDES.
ON DOIT LUI OFFRIR UN BOUQUET DE FLEURS POUR LUI DIRE AU REVOIR ?

ET SI ON LUI FILAIT DES FLEURS DU CIMETIÈRE ?
ATCHOUM !
N'ÉTERNUE PAS SUR MOI !
SALLE DES PROFESSEURS
HMM...
VOUDRAIS-TU CONTINUER À ÊTRE LE PROFESSEUR PRINCIPAL DE LA CLASSE DE KOTOBUKI PENDANT AU MOINS UN AN ENCORE ?
PAF
TU ES BIEN LE SEUL À RÉUSSIR À CONTRÔLER CES GAMINES, ALORS JE NE PEUX PAS ACCEPTER QUE TU CHANGES DE CLASSE POUR L'INSTANT.
AH...
ET VOILÀ...
QUOIII ?! T'ES ENCORE LÀ ?!
J'AURAI ENCORE PLUS DE CHEVEUX BLANCS !
OUIIIN
RENDS-NOUS NOS FLEURS !
NOUS SOMMES EN PREMIÈRE !!
À MACHIDA...
KUROI !! C'EST LE TROISIÈME EXAMEN DE REPÊCHAGE QUE TU PASSES ! FRANCHEMENT !!
J'AI ENVIE DE PLEURER...
COUCOU

GALS!
ÉPISODE SPÉCIAL - GALS !
LA GRANDE BATAILLE DES KOGALS !

LA CHAMBRE DE MON FRÈRE !

C'est une blague ! Mon frère s'est dit qu'Otohata était sûrement comme ça, et il s'est mis à dessiner cette page en rigolant. C'est terrible, mais c'est tellement rigolo !! Merci de continuer à dessiner ces petit trucs pour mon manga, même après ton mariage, grand frère !

LE 31 DÉCEMBRE 2000...
YAHOUUUU!!
JE ME SUIS TROUVÉE UNE PLACE AVEC UNE SUPER BONNE VUE !
カウントダウン2001

MAIS LE COMPTE À REBOURS N'A MÊME PAS ENCORE COMMENCÉ !
CE QU'IL FAIT FROID !!
VOILÀ LES BRIOCHES CHINOISES QUE TU VOULAIS.
IL FAUT RENTRER DANS L'ESPRIT DE LA CHOSE, ALLEZ ! CETTE ANNÉE, LE COMPTE À REBOURS SERA RETRANSMIS À LA TV !!
ET HOP, ON S'EN-TRAÎNE !!
3... 2... 1 !!
C'EST LE 21EME SIÈÈÈÈCLE !!
BANZAAAAAI !
2001
TAP
TAP
KOTOBUKI, ESPÈCE DE GOURDE !!
QU'EST-CE QUE VOUS ME VOULEZ ENCORE ?
ZWAP
ZWIP !
MIAM MIAM

AAH !!
T'ES LÀ EN TRAIN DE MANGER DES BRIOCHES TRANQUIL-LEMENT, PENDANT QUE L'AVENIR DES KOGALS DE SHIBUYA EST EN DANGER !!
ELLE EST PAS MAL, CETTE BRIOCHE SALÉE.
MIAM MIAM
SURTOUT AVEC CES CHAMPI-GNONS DANS LA FARCE.
ARRÊTEZ DE MANGER MES BRIOCHES !!
QUELLE HORREUR...
C'EST QUOI, CETTE HISTOIRE DE CRISE ?!
REGARDE ÇA !!
ZIP!
HM ?!
OUI, JE RECOMMANDE PARTICULIÈREMENT LE VERNIS MÉTALLISÉ POUR LES ONGLES, ÇA DONNE UN EFFET "CYBERNÉTIQUE" PARTICULIÈ-REMENT JOLI.

COMMENT SERONT LES GALS DU 21ÈME SIÈCLE ?
EN TANT QUE REINE DE TOUTES LES KOGALS, JE PEUX AFFIRMER SANS HÉSITER QU'ELLES ESSAIERONT DE SE RAPPROCHER DE PLUS EN PLUS DE MON STYLE PERSONNEL !
EFFECTIVEMENT... POURRIEZ-VOUS POSER POUR UNE PHOTO EN TANT QUE "CHARISMA GAL" ?
YÛYA, EST-CE QUE MON MAQUILLAGE EST PARFAIT ?
ET MES CHEVEUX ?
TOUT EST PARFAIT !
BIEN, ALORS 3, 2, 1...
ZWOOOOW!!
ARGH !
ATTENDS UN PEUUUU !!

LA REINE DES KOGALS, C'EST MOI ! RAN KOTOBUKI !!
SPAM
GWARGH !
NO, NO !! NI HONDA, NI KOTO-BUKI !
LE 21ème SIÈCLE APPARTIENT AUX GONGURO GIRLS !!
MAIS QU'EST-CE QUE VOUS VENEZ FAIRE ?! NE NOUS DÉRANGEZ PAS !
GYAAAA
ON ALLAIT DÉCIDER QUI SERAIT LA REINE !
GYAAAA
LES GONGURO SONT LES MEILLEURES ! ARRÊTEZ DE NOUS SOUS-ESTIMER !!
GYAAAA
EUH
HUM

ATTENDEZ UN PEU... QUI DIT LA VÉRITÉ LÀ-DEDANS ? QUI EST LA VRAIE REINE DES KOGALS ?
MAIS PUISQUE JE VOUS DIS QUE C'EST MOI !
NON, C'EST MOI !
LES GONGURO ! LES GONGURO !!
BOOOON ! ETES-VOUS PRÊTES POUR LA PLUS GRANDE BATAILLE DES KOGALS DE LA FIN DE CE SIÈCLE ?!
QUAND TU VEUX !!
TATSU-KICHI, PRÉPARE TOUT !!
OK !!
C'EST DEVENU SOUDAI-NEMENT TRÈS INTÉRES-SANT !!
ON VA ASSISTER À UNE COMPÉTITION EN DIRECT POUR LE TITRE DE REINE DES KOGALS !!
VITE, SUIVEZ-LES AVEC LA CAMÉRA !
STV

*LE SHIRITORI EST UN JEU JAPONAIS TRÈS ANCIEN QUI CONSISTE À DIRE UN MOT, PUIS CONTINUER PAR UN MOT QUI COMMENCE PAR LA DERNIÈRE SYLLABE DU MOT PRÉCÉDENT, ETC...

"YAKAN"
(THÉIÈRE)
OH NON !
GYAHA HA HA HA ! T'AS DIT UN MOT QUI FINIT EN "N" ! GYAHA HA HA !!
UNE GONGURO ÉLIMINÉE DÈS LE DÉPART !!
CROTTE !
MES SŒURS GONGURO ! CONTINUEZ À VOUS BATTRE POUR DÉFENDRE L'HONNEUR DES GONGURO ! J'AI FOI EN VOUS !
OH, MESSIRE !
QUELLE TRAGÉDIE !
ELLES SE PRENNENT VRAIMENT POUR DES SAMOURAÏS...
BON, ON PASSE MAINTENANT À L'ÉPREUVE SUIVANTE, LE "JEU DE LA LIGNE DE MÉTRO DE YAMANOTE-SEN" ! C'EST PARTI !
SHIBUYA !
IKEBUKURO !
YOYOGI !

ITABASHI !!
BOOOO BOOO !!
ITABASHI EST UNE STATION DE LA LIGNE SAIKYÔ-SEN !
NOOOOON !!
FACILE !
ADIEU, MA SŒUR !!
GWAAARGH !
TROP FASTOCHE !
HUH... HUM !
ON DIRAIT QU'IL EST VITAL POUR UNE KOGAL DE SAVOIR PAR CŒUR LE NOM DE TOUTES LES STATIONS DE LA LIGNE YAMANOTE-SEN !!
TROISIÈME ÉPREUVE !
ON VA COMPARER LA HAUTEUR DE VOS BOTTES PLATES-FORMES !
CLAP CLAP
RAN A 14 CM...
MAMI EN A 13,5 CM...
...ET RIKA EN A 13 !
QUOIIII ?!

PAS DE TRICHERIE, ESPÈCE DE...!!
MAAAIS, J'AI MESURÉ DE FAÇON PARFAITEMENT HONNÊTE !!
LE PLUS FORT C'EST QU'IL A RAISON... ÇA FAIT VRAIMENT 13 CM...!!
SANS AUCUN DOUTE !
MERDE !! ET DIRE QUE L'AUTRE JOUR, J'AVAIS ACHETÉ DES BOTTES AVEC DES PLATES-FORMES HAUTES DE 20 CM !! SI SEULEMENT JE LES AVAIS MISES AUJOURD'HUI !
GWARG
LES... LES KOGALS VIVENT POUR ET PAR LEUR STYLE !
HUM...
NOUS AVONS PERDU UNE FOIS, MAIS LE NOUVEAU SIÈCLE SERA À NOUS !! NOUS N'ABANDONNERONS PAS L'ESPOIR !
OUI ! GONGURO SISTERS FOREVER !!
VOUS AVEZ PERDU ENCORE UNE FOIS !
GONGUROOO ! GONGUROOO ! GONGURO POUR TOUJOURS !!
AU REVOIIIR !!

SHWOOOOOOOOOSH !!
ON DIRAIT QUE L'HEURE DE NOTRE COMBAT DÉCISIF EST ARRIVÉE.
LE DERNIER JOUR DU VINGTIÈME SIÈCLE... C'EST UN TIMING PLUTÔT INTÉRESSANT DANS LA BATAILLE POUR LE TITRE DE REINE DES KOGALS !
CETTE FOIS-CI, CE SERA UN VRAI COMBAT !
AMÈNE-TOI !!
CLAP CLAP CLAP
WAA WAA
IL NE RESTE PLUS GRAND-CHOSE DU VINGTIÈME SIÈCLE, MESDAMES ET MESSIEURS ! NOUS ALLONS MAINTENANT COMMENCER LE COMPTE À REBOURS !!

YAAY
ALORS FAITES UN SOUHAIT, ET COMPTEZ AVEC MOI !!
VOUS ÊTES PRÊTS ?
IL NE RESTE PLUS QU'UNE MINUTE !!
59 !
58 !
57 !
BLAM
WORYAAAAH !!
EEEK !!
AH !

TU ES DEVENUE BIEN PLUS FORTE, MAMI HONDA !!
NE JOUE PAS LES INTÉRESSANTES ALORS QUE TOUT CE QUE TU PEUX FAIRE C'EST ESQUIVER MES COUPS !
MAIS... MAIS... MAIS QUI ÊTES-VOUS ?!
ZAM
ZAM
ZAM
ZWOM
HYAAAH !
ORYAAH !
ZWIP
ZAM
WOOOH !
OOOH
SALE-TÉ !
PÉTAS-SE !
BLAH
WAAAAH
WAAAAH
LES KOGALS DOIVENT AUSSI ÊTRE PHYSIQUEMENT FORTES ET CAPABLES DE SE BATTRE À MAINS NUES !
LE GAL POWER EST VRAIMENT IMPRES-SIONNANT !

SHDAWOOMDOOW
JE NE TE LAISSERAI PAS AVOIR LE TITRE DE REINE DES KOGALS !!
C'EST MOI QUI SUIS LA REINE, ET JE N'ABDIQUERAI DE MON TITRE SOUS AUCUN PRÉTEXTE !!
SHDAW
WOP ?
HÉ, MAMI !
QU'EST-CE QUE TU FAIS ICI À AVOIR UN COMPORTEMENT AUSSI HONTEUX ?!
RENTRONS À 'BUKURO.
HA!
'BUKURO...!

FLASH FLASH
C'EST VRAI...
...JE SUIS UNE KOGAL DE 'BUKURO, APRÈS TOUT !
OOOH
CES DERNIERS TEMPS, JE VENAIS SI SOUVENT À SHIBUYA QUE J'AI FAILLI L'OUBLIER ...
C'EST BON, SI T'AS APPRIS TA LEÇON, ON PEUT RENTRER.
PARDONNE-MOI, HARUE...!! J'AVAIS TORT DE TRAÎNER À SHIBUYA ET DE VOULOIR ME BATTRE AVEC CETTE SOUS-GAL DE KOTOBUKI !
SOUS-GAL ?!
J'AI FAILLI OUBLIER MON HONNEUR ET MA FIERTÉ DE "REINE DE 'BUKURO" !!
JE N'ARRIVE PAS À CROIRE QUE J'AI ÉTÉ AUSSI BÊTE !!
YÛYA !! ALLEZ, ON RENTRE À 'BUKURO !
ERGH ?! TU RIGOLES ?!
HÉ ! ATTENDS UN PEU ! COMMENT OSES-TU FAIRE ÇA ?! SI TU VEUX PARTIR, FAIS-LE APRÈS QU'ON AURA TERMINÉ CE COMBAT !

TU N'AS PAS ENCORE AFFRONTÉ LA DERNIÈRE ÉPREUVE !! LA GRANDE BATAILLE DES BAS ÉLASTIQUES ! ON LES MET SUR LA TÊTE COMME ÇA, ET PUIS CHACUNE TIRE DE SON CÔTÉ !!
AH ! IL NE RESTE PLUS QUE TROIS SECONDES ! ALLONS-Y, TOUS ENSEMBLE !! 3 ! 2 ! 1 !!
C'EST LE 21ÈME SIÈCLEEE !!
WOOOO
SHIBUYA
HA !!
WAAAH
FAISONS SEMBLANT DE NE PAS LA CONNAÎTRE !
TOUT À FAIT D'ACCORD !
AU MÊME MOMENT, CHEZ LA FAMILLE KOTOBUKI...
CHÉRI !!
CHÉRI !!
...
LE PÈRE DE RAN, TAIZÔ, VENAIT DE DEVENIR TRÈS TRÈS PÂLE... DE HONTE.

GALS!
ÉPISODE SPÉCIAL - EST-IL VRAIMENT INVINCIBLE ?!
LE CHARISMATIQUE PINK PANTHER X !!

CROTTE, IL N'Y A DONC PAS D'APPART' SUPER LARGE AVEC UN LOYER TOUT PETIT ?!
CROTTE, IL N'Y A DONC PAS DE BOULOT SUPER BIEN PAYÉ OÙ ON NE S'ENNUIE PAS ?!
SI ÇA CONTINUE COMME ÇA, JE PASSERAI LES VACANCES D'ÉTÉ SANS LE SOU !
SI ÇA CONTINUE COMME ÇA, JE NE POURRAI PAS DÉMÉNAGER PENDANT LES VACANCES D'ÉTÉ !
VOUS AVEZ BEAU AVOIR DES PROBLÈMES COMPLÈTEMENT DIFFÉRENTS, VOTRE FAÇON DE VOUS PLAINDRE EST TRÈS SIMILAIRE !
DIS DONC, T'AS DES CHEVEUX IMMONDES ! ILS SONT RAVAGÉS PAR LA DÉCOLORATION !
ET PUIS CETTE MÈCHE ROUGE EST BIZARRE.
GWIP...
QU'EST-CE TU FOUS, OTOHATA ? TU ME CHERCHES ?! SI ÇA NE TE PLAÎT PAS, T'AS QU'À M'ACHETER UN SHAMPOOING POUR TRAITEMENT CAPILLAIRE SUPER HAUT DE GAMME, COMME ÇA J'AURAI DE JOLIS CHEVEUX !
HÉ ?!
ERRGH !!
OTOHATA EST DEVENU TOUT PETIT !!
ÇA Y EST, J'AI TROUVÉ UN SURNOM POUR TOI ! ÇA SERA "TÊTE DE PAILLASSON" !
LES CHEVEUX DE RAN SONT TRÈS ESQUINTÉS !
JE SUIS ICI !

OTOHATA ! QU'EST-CE QUI T'EST ARRIVÉ ?! COMMENT ES-TU DEVENU SI PETIT ?! T'AS BOUFFÉ UN TRUC BIZARRE ?!
PFF ! ...
NE ME COLLEZ PAS COMME ÇA !
IL A SÛREMENT ÉTÉ KIDNAPPÉ PAR DES EXTRA-TERRESTRES ! ILS ONT DÛ L'UTILISER POUR LEURS EXPÉRIENCES !
ZOOM
SI LES EXTRATER-RESTRES ONT VRAIMENT FAIT ÇA... JE SUIS TRÈS CHOQUÉE, MAIS JE LEUR PARDONNE ! IL EST TELLEMENT CHOU COMME ÇA !!
HÉ, J'AI DÉJÀ DIT QUE J'ÉTAIS ICI !!
T'AS BEAU AVOIR CHANGÉ DE TAILLE, TON ARROGANCE EST TOU-JOURS LA MÊME, HUM !
ALLEZ, OSE TE MOQUER DE MOI, PETIT !
NOOON, RAN, ARRÊTE DE LE TORTU-RER !!
TIP
JE N'AI PAS SOUVENIR D'AVOIR PERMIS À UN PAILLASSON AUX CHEVEUX DÉGOÛTANTS DE ME TRAITER D'ARROGANT !
QUOIIII ?! NON MAIS, ESPÈCE DE PETITE ORDURE...?!
HURGH!
OH, RUI !
WAOH, CE QUE TU AS GRANDI !
CA FAIT UN BAIL !
TIENS, SALUT, YÛ !

"RUI" ?!
OUI, C'EST MON PETIT COUSIN.
TON COUSIN ?...
O... OTO-HATA ! DEPUIS QUAND TU ES LÀ ?!
YO !
YO, MEC.
TAP
IL VIENT TOUS LES ANS PASSER DU TEMPS CHEZ REI PENDANT LES VACANCES D'ÉTÉ...
...ALORS JE L'AI SOUVENT RENCONTRÉ, ON EST BONS COPAINS.
BOF.
MAIS C'EST FOU CE QUE TU RESSEMBLES À REI ! EN QUELLE CLASSE ES-TU ?
CE2.
EN CE2 ?!
COMMENT PEUX-TU N'ÊTRE QU'EN CE2 ET AVOIR DÉJÀ LES CHEVEUX TEINTS ?! MÊME MOI, JE N'AI COMMENCÉ QUE QUAND J'ÉTAIS EN CM1 !!
ÇA VA VITE !!
HURG
JE T'AIME DE MOINS EN MOINS, MIOCHE !!
T'ES GRAND POUR TON ÂGE ! TU AS VRAIMENT BEAUCOUP EN COMMUN AVEC OTOHATA !
TON NOM ME FAIT PENSER À CELUI D'UN PRINCE DE CONTES DE FÉES ! ON VA T'APPELER NOTRE PETIT PRINCE !!
FLASH !
PFFF... T'ES NULLE, TÊTE DE PAILLASSON !
DE NOS JOURS, C'EST TRÈS COURANT DE SE TEINDRE LES CHEVEUX QUAND ON N'EST ENCORE QU'EN CE2 ! C'EST LOIN D'ÊTRE RARE !
ARRÊTE DE M'APPELER TÊTE DE PAILLASSON, SALE GAMIN !!

HAAA ?!
CE...
CE BADGE, C'EST... !!
HÉ... AH, ÇA ?
FZAA——ASH
TIENS, REGARDE ! C'EST MON BADGE DE MEMBRE DU CLUB DE PINK PANTHER X !
SEULS LES ENFANTS EN DESSOUS DE 11 ANS ONT LE DROIT D'Y RENTRER !
WOOO ! IL M'ÉBLOUIT !!
PINK PANTHER X... CE N'EST PAS CETTE SÉRIE TV SENTAI QUI PASSE TOUS LES DIMANCHES MATIN ?
OUI, JE CROIS QUE RAN EN EST TRÈS ACCRO.
JE VAIS VOUS EXPLIQUER !!

LE "PINK PANTHER X" EST UN HÉROS MYSTÉRIEUX, TOUJOURS ENVELOPPÉ DANS SON MANTEAU EN PEAU DE GUÉPARD.
UN HÉROS SOLITAIRE, QUI A CHOISI DE PROTÉGER LA PAIX DE LA TERRE CONTRE L'ORGANISATION MALÉFIQUE "Z" !
PERSONNE NE CONNAÎT SON IDENTITÉ. IL APPARAÎT ET DISPARAÎT AUSSI VITE QUE LE VENT !!
ET VOILÀ !!
OUI, VOILÀ.
TU PARLES TROP, TÊTE DE PAILLASSON.
ARRÊTE UN PEU AVEC CETTE HISTOIRE DE TÊTE DE PAILLASSON !!
ET PUIS DONNE-MOI CE BADGE !!
ON DIRAIT UNE VERSION BAVARDE D'OTOHATA, EN FAIT !
HI HI
PFFF ! RETOURNE DANS LES PETITES CLASSES, TU ARRIVERAS PEUT-ÊTRE À EN AVOIR UN !
IL M'IRRITE !!
OTOHATA ÉTAIT PEUT-ÊTRE COMME ÇA LUI AUSSI QUAND IL ÉTAIT PETIT... COMME C'EST ADORABLE !!
EN FIN DE COMPTE, ON M'A DEMANDÉ DE M'OCCUPER DE MON PETIT COUSIN AUJOURD'HUI.
OÙ SONT SES PARENTS ?
NOS MÈRES FONT DU SHOPPING À GINZA, PENDANT QUE NOS DEUX PÈRES JOUENT AU GOLF MALGRÉ CETTE CHALEUR ÉTOUFFANTE !

REI !
SI ON RESTE ICI À PERDRE DU TEMPS AVEC LA TÊTE DE PAILLASSON, ON VA RATER LE DÉBUT DU SHOW !
D'ACCORD, D'ACCORD.
VITE, IL FAUT QU'ON AILLE AU PARC D'ATTRACTIONS !
ZIP !!
AVEC CE BADGE DE MEMBRE DU CLUB, JE PEUX AVOIR 50% DE RÉDUCTION SUR LE PRIX DU SHOW DE PINK PANTHER X POUR QUATRE PERSONNES !
ET EN PLUS, L'ENTRÉE DU PARC EST GRATOS POUR MOI !
SUPER, N'EST-CE PAS ?!
ON VA À SUIDÔBASHI.
À PLUS.
GNAP
PRINCE RUI, EMMENEZ-MOI AVEC VOUS, S'IL VOUS PLAÎT !
RÉPONSE INSTANTANÉE.
JAMAIS DE LA VIE ! POUR QUI TU TE PRENDS, TÊTE DE PAILLASSON ?
(ET LÂCHE MES FRINGUES, TU VAS LES DÉFORMER.)

ROLLROLL
MEUUUH, MEUUUUH, ZE VEUX Y ALLER ! ZE VEUX Y ALLER !!
MOI AUSSI JE VEUX ABSOLUMENT VOIR LE SHOW !!
ZAM
ARRÊTE UN PEU TES ENFANTILLAGES !!
JE ME DEMANDE QUI EST L'ENFANT ET QUI EST L'ADULTE...
BON, T'INQUIÈTE PAS, RAN.
JE PAIERAI LE RESTE DES ENTRÉES, ALLONS-Y TOUS ENSEMBLE.
VRAIMENT ?!
FLASH
OH, GÉNIAL ! JE VEUX Y ALLER MOI AUSSI !
MOI AUSSI !
BIIIEN, JE FAIS PARTIE DE LA SUITE OFFICIELLE DU PRINCE MAINTENANT !
CA VA PAS ?
YOUPIIII, JE VAIS VOIR PINK PANTHER X !!
PARC D'ATTRACTIONS.

ピンクパンサーX
PX
WAAAH WAAAAH
SON X-BEAM EXPLOSE LES ENNEMIIS ! SON POUVOIR EST INFINIIIII !
PANTHER ! PANTHER ! NOTRE HÉROOOS ! PINK PANTHER X !! TRALÀLÈ-REEEUH !
HÉ, TÊTE DE PAILLASSON, QUI T'A DEMANDÉ DE ME PORTER ?!
COOL, JE N'AI PAS BESOIN DE M'EN OCCUPER.
QUAND ON SE PROMÈNE COMME ÇA, ON A L'AIR D'UNE MÈRE ET DE SON ENFANT !
JE SUIS UNE GIRL, MAMAAA !!
JE NE VEUX SURTOUT PAS QU'ON PENSE QUE TU ES MA MÈRE ! BEURK !!
BLABLA
AYAAA ! ON VA ALLER VOIR LES AUTRES ATTRACTIONS !
PASSEZ-NOUS UN COUP DE FIL QUAND LE SHOW SERA FINI !
D'ACCORD !

BOBOM
C'EST VRAIMENT MON JOUR DE CHANCE !! GRÂCE AU PETIT RUI, J'AI PU VENIR AVEC OTOHATA AU PARC D'ATTRACTIONS ! C'EST SUPER ROMANTIQUE !!
CHAUD ! HM, LES AMOUREUX ?
HURG
QU... QUOI ?!
MAIS... MAIS QU'EST-CE QUE TU RACONTES, RUI ?!
EUH... JE SUIS PLUTÔT CONTENTE SI TU PENSES QU'OTOHATA ET MOI AVONS UNE RELATION TRÈS EUH... CHAUDE, MAIS EUH, EUH...
IL FAIT 36° C AUJOURD'HUI.
C'EST UN FAIT, IL FAIT CHAUD.
OUI, FAIS GAFFE DE NE PAS ATTRAPER UNE INSOLATION, RUI.
TIENS, TA CASQUETTE.
HAAAA—...
AH BON, IL PARLAIT SIMPLEMENT DE LA TEMPÉRATURE...
...J'AI L'AIR BÊTE...
AYA.
O... OUI ?!

JE VAIS ACHETER DES BOISSONS.
QU'EST-CE QUE TU VEUX ?
EUH... N'IMPORTE QUOI.
AH... OK.
POURQUOI DOIS-JE ÊTRE TOUJOURS AUSSI NERVEUSE ?!
JE SUIS NULLE...
...
...
HUM... EFFECTIVEMENT.
ILS SONT EN RETARD ! C'EST CHIANT !!
ÇA DEVRAIT COMMENCER BIENTÔT.
BLA BLA BLA BLA
BON, POUR PASSER LE TEMPS, ALLONS JETER UN COUP D'ŒIL DANS LES COULISSES, PETIT PRINCE !
MAIS, C'EST PAS PERMIS ÇA, SI ?
NO PROBLEM ! VIENS AVEC MOI !

À TOUT À L'HEURE !
DASH
AHH, RAN !!
ZWIP
TADAM, REGARDE MA RÉPLIQUE DU MANTEAU D'X !
TU TE PROMÈNES TOUT LE TEMPS AVEC ÇA SUR TOI ?!
FLAP!
HÉÉ ?!
IL Y A QUELQU'UN DE LA SÉCURITÉ QUI GARDE L'ENTRÉE !
NOUS ALLONS DEVOIR UTILISER L'UNE DE MES "PINK PANTHER STRATÉGIES" !
"PINK PANTHER STRATÉGIES" ?!
これより先 関係者以外 立ち入り禁止
SHDODODODO
EXCUSEZ-MOI, C'EST POUR UNE LIVRAISON URGENTE ! LE COSTUME DE PINK PANTHER X S'EST DÉCHIRÉ ET J'APPORTE LE COSTUME DE RECHANGE !
AH BON ?! EUH, MERCI.

HI HI HI, SUCCÈS ! C'ÉTAIT VRAIMENT FACILE !
TU N'ES DOUÉE QUE POUR CE GENRE D'ENTOURLOUPES, TÊTE DE PAILLASSON...
MAIS C'EST L'HEURE DU SHOW !!
HARG !!
ET SON REMPLAÇANT EST COINCÉ DANS UN EMBOUTEILLAGE !!
IL N'EST TOUJOURS PAS ARRIVE ?!
QUOI ?! IL A UNE GASTRO ?!
WAAAH WAAAH
PSST PSST
ET L'AUTRE REMPLAÇANT ?!
JE NE SAIS PAS !
OH ! C'EST LA CHANCE DE MA VIE DE PORTER LE VRAI COSTUME DE PINK PANTHER X !!
TIP TIP TIP, TIP
VOUS M'AVEZ APPELÉE !!
?!

QUI PENSE À PINK PANTHER X PENSE AU GUÉPARD ! QUI PENSE AU GUÉPARD PENSE À LA PEAU DU GUÉPARD ! QUI PENSE À LA PEAU DU GUÉPARD PENSE À RAN KOTOBUKI, QUI EN RAFFOLE !!
VENUE TOUT DROIT DE SHIBUYA, NOTRE MYSTÉRIEUSE HÉROÏNE, LA "CHARISMA GAL" RAN KOTOBUKI, EST ICI POUR SAUVER LE MONDE !!
EUH...
TU NE COMPRENDS PEUT-ÊTRE PAS ÇA, MAIS PINK PANTHER X EST LE HÉROS DE TOUS CES ENFANTS !
ON N'A PAS BESOIN D'UNE KOGAL ICI ! FICHE-NOUS LE CAMP !
COMMEENT ?!
C'EST VOTRE PROBLÈME SI VOUS REGRETTEZ PLUS TARD VOTRE DÉCISION PRÉCIPITÉE !
VOUS VOULEZ LAISSER TOUS CES ENFANTS SANS LEUR SHOW ?!
HEY YOU !
ON SAIT BIEN QU'ON EST DANS LE PÉTRIN !
MAIS TU TE CROIS CAPABLE DE FAIRE TOUTES LES CASCADES DE PINK PANTHER X ?!
HÉ !
ZWOOM
BOING
X !!
SWAM
SURPRISE BOOMERANG !!
ELLE JETTE LE BOOMERANG.

FLAP!
X !!
CRITICAL BEAM !!
ELLE LANCE DES RAYONS.
P !
P !
X !!
TIARA POWERS BUSTER !!
ZAW !
ELLE VIENT DE BATTRE UN ENNEMI.
ET PUIS LA POSE FINALE...
"AUJOURD'HUI AUSSI, J'AI PU PROTÉGER L'AVENIR DES ENFANTS DU MONDE..."
WOOSH
PFFF... JE SUIS LA MEILLEURE !
EN TOUTE SIMPLICITÉ.
HOOOOo...
CLAP CLAP CLAP CLAP
C'EST EXCELLENT !
PARFAIT ! TU SERAS LA REMPLAÇANTE !
JE RECEVRAI DE L'ARGENT POUR ÇA, N'EST-CE PAS ?
BIEN SÛR, BIEN SÛR !
BON !! PRENDS CES PAPIERS ET APPRENDS TON RÔLE RAPIDEMENT ! TU AS DIX MINUTES !
NOUS AVONS UNE BANDE-SON AVEC LES VOIX, TU N'AURAS PAS BESOIN DE PARLER.
WAH WAH
CHUCHOTE CHUCHOTE...

PSHA PSHA PSHA PSHA
C'EST D'ACCORD ?...
...JUSTE APRÈS QUE X LANCE SON ATTAQUE BOOMERANG, TU METTRAS CETTE FAUSSE COURONNE À LA PLACE DE LA VRAIE.
ET ENSUITE, ON FAIT COMME SI ON N'AVAIT RIEN REMARQUÉ ET ON CONTINUE À SE BATTRE.
COMPTE SUR NOUS, BLACK PANTHER Z.
HÉ HÉ HÉ, LA VRAIE COURONNE DE PINK PANTHER X DOIT VALOIR UNE FORTUNE AUX ENCHÈRES SUR INTERNET !
HA HA HA HA !!
X PERDRA LA FACE QUAND IL SE RENDRA COMPTE QU'IL PORTE UNE SIMPLE COURONNE EN PAPIER À LA PLACE DE LA VRAIE !
IL N'A QUE CE QU'IL MÉRITE ! ÇA LUI APPRENDRA À TOUJOURS SE PRENDRE POUR LE NOMBRIL DU MONDE UNIQUEMENT PARCE QU'IL EST LE HÉROS ET QU'IL NOUS TABASSE À CHAQUE FOIS.
Z集団様控室
HEU?
CLAP!
PINK PANTHER X !

TU ES EN DANGER, X !
L'ORGANISATION MALÉFIQUE Z VEUT VOLER TA COURONNE !
FAIS BIEN GAFFE QUAND TU LANCERAS TON ATTAQUE BOOMERANG !
...
TIENS, JE ME DEMANDE OÙ EST PASSÉE LA TÊTE DE PAILLASSON.
HÉÉÉ, TÊTE DE PAILLASSON ! 'FAUT QU'ON Y AILLE !
PFF !
HOP
NE T'INQUIÈTE PAS, PETIT PRINCE !
JE COMPTE SUR TOI, X.
IL A BEAU ÊTRE UN PETIT GAMIN PRÉTENTIEUX, IL S'INQUIÈTE POUR X... COMME C'EST MIGNON !
BON, JE N'AI QU'À SUIVRE LE SCRIPT, ALORS AMUSE-TOI BIEN EN REGARDANT LE SHOW !
WAM!!
ÇA VA ÊTRE GÉANT !!

WOOOOOM
HA HA HA HA HA !
KYAAAH !
OOHH !!
MON ARME SPÉCIALE DE BIO-SUCCION Z VA ASPIRER LA VIE DES HUMAINS ET NOUS RENDRE IMMORTELS !!
À L'AIDE ! S'IL VOUS PLAÎT !!
ALLEZ DONC, MES HYÈNES ! CAPTUREZ LE PLUS POSSIBLE D'HUMAINS !!
ZOING !!
OH, SI SEULEMENT NOTRE HÉROS ENTENDAIT NOS CRIS !
HA HA HA !
WAAAH ! JE PERDS MES FORCES !
AU SECOURS, PINK PANTHER X !!
C'EST QUI, LE MEC AVEC LA CAPE FONCÉE ?
WAAAAH WAAAAH
C'EST LE LEADER DE L'ORGANISATION Z, BLACK PANTHER Z.
TU AS L'AIR DE T'Y CONNAÎTRE.
EUH, NON, J'EN AI JUSTE UN PEU ENTENDU PARLER...
...
VOUS M'AVEZ APPELÉ ?
HUM ?!
ZWOOM !
FLASH
Z, JE NE PARDONNERAI JAMAIS VOS ACTES DE CRUAUTÉ ET VOS CRIMES ENVERS LES HUMAINS !

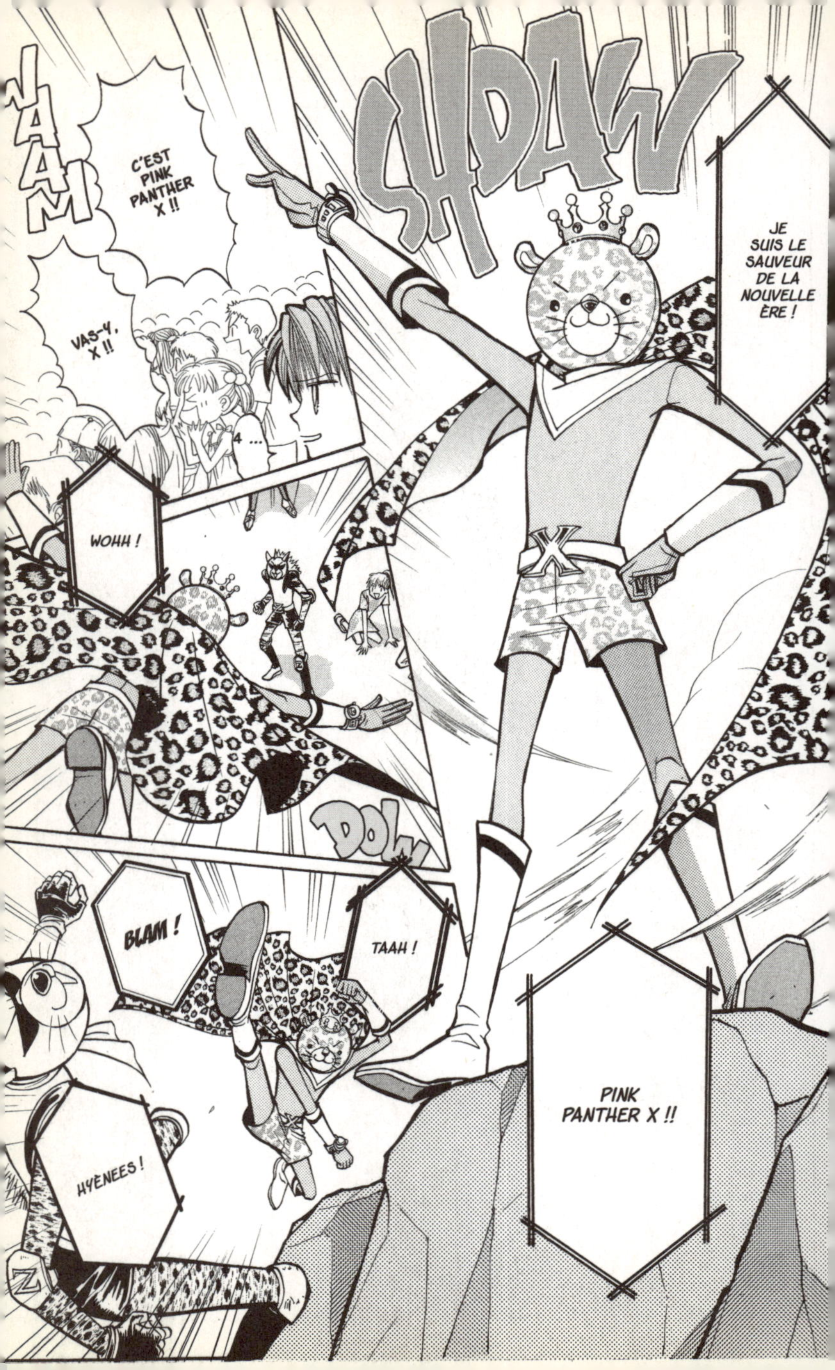
SHDAW
JE SUIS LE SAUVEUR DE LA NOUVELLE ÈRE !
WAAAM
C'EST PINK PANTHER X !!
VAS-Y, X !!
4 ...
WOHH !
DOW
TAAH !
BLAM !
PINK PANTHER X !!
HYÈNEES !

ORDURE, PINK PANTHER X !
PRENDS ÇA !!
MON... MON CORPS S'AFFAI-BLIT...
ZWAAM !
BIO-SUCCION BEEEAAAM !!
FLASH
FLASH
OOOH !
RELÈVE-TOI, PINK PANTHER X !!
WAAAAAH WAAAAAH WAAAAAH
FAIS LE "MODE CHANGE", X !!
X !!
HUUFF... JE... JE NE PEUX PAS PERDRE CONTRE EUX !!
KLIK !!
X !!
MODE CHANGE !!

QU'EST-CE QUI A CHANGÉ ?
REGARDE UN PEU, MAINTENANT IL A LA BOUCHE OUVERTE ! QUAND IL FAIT SON "MODE CHANGE", IL PEUT UTILISER TOUTES SES TECHNIQUES LES PLUS PUISSANTES AU NIVEAU MAXIMUM PENDANT DEUX MINUTES ET DEMIE !
WAAAAAAH
HÉ... COMMENT ÇA SE FAIT QUE TU SACHES TOUT ÇA ?!
EUH... EN FAIT, J'AI LU LES MANGA DE PINK PANTHER X QUE RAN AVAIT RAMENÉS... QUELQUES-UNS, DU MOINS...
X DOUBLE KICK !
BLAM ! BLAM !
X !
ZWAP
ZAM
SURPRISE BOOMERANG !
WAAAH !
HÉ ?!
FAIS ATTENTION, X !!

HOP
HM ? C'EST LA VOIX DU PETIT PRINCE.
MAIS FAIRE ATTENTION À QUOI ?
ZWAP
ZWAP
TWIP
HÉ ?
ZWAP
ZWAP
J'AI L'IMPRES-SION QUE MA TÊTE EST PLUS LÉGÈRE...
EST-CE JUSTE UNE IMPRESSION ?
HÉ HÉ
AH !
NE BOUGE PLUS, HYÈNE !!
HURG
QUOI ?!
OH NOOON, ELLE S'EST MISE À DIRE DES TRUCS QUI NE SONT PAS DANS LA BANDE SON !
ENLÈVE LES VOIX ET METS JUSTE LA MUSIQUE POUR QUE LES VOIX NE SE CHEVAUCHENT PAS !
OÙ EST-CE QUE J'AI DÉJÀ ENTENDU CETTE VOIX ?

L'ORGA-NISATION MALÉFIQUE Z VEUT VOLER TA COURONNE !
AH BON. ALORS C'ÉTAIT ÇA ?
VOUS VOULIEZ VOLER CETTE COURONNE ?!
ET VOUS AVEZ CRU POUVOIR TROMPER LA GRANDE RAN KOTOB... EUH, JE VEUX DIRE PINK PANTHER X AVEC CETTE MISÉRABLE IMITATION ?!
QUOI ? LA COURONNE A ÉTÉ VOLÉE ?
C'EST VRAI ! LA FORME EST DIFFÉRENTE !
RÉCUPÈRE TA COURONNE, X !!
AH
AH
MERDE ! ON EST DÉCOUVERTS !
HYÈNES ! ON N'A PAS LE CHOIX ! TOUS SUR LUI !
BI... BIEN CHEF !
ZWAAM
KRAK
HA !
PEU IMPORTE COMBIEN VOUS ÊTES !
PINK PANTHER X EST INVINCIBLE !!
QUOIII ?!

X ROCKET !
GYAAH !
ET MA TECHNIQUE ULTIME !
GWAP !
EEEK !
X ATTACK !!
"THE CHARISMA X PUNCH SPECIAL" !!
X, JE FINIRAI PAR T'AVOIR... ARGH...
ROLL ROLL
WOOOW, C'ÉTAIT GÉNIAL ! QUE DES NOUVELLES TECHNI-QUES !!
PINK PANTHER X EST VRAIMENT LE MEILLEUR !!

TADAM
ZWIP
WOOH !
AÏE !!
ROLL-ROLL BLAM
DAW BOM
...
TRALALALA LALALA...
AUJOURD'HUI AUSSI, J'AI PU PROTÉGER L'AVENIR DES ENFANTS DU MONDE ...
À LA PROCHAINE, MES AMIS ! NOUS NOUS REVERRONS !!
WAAH
HÉ !
COMMENT ÉTAIT LE SHOW ?
BEN... C'ÉTAIT... COMMENT DIRE...
ON NE PEUT PAS VRAIMENT EN PARLER DEVANT RUI...
?
?
PPX

AH, RUI ! REGARDE, PINK PANTHER X SERRE LES MAINS DES ENFANTS.
TU VEUX ALLER TE FAIRE PRENDRE EN PHOTO À CÔTÉ DE LUI ?
C'EST VRAI !
WOW, ON DIRAIT QU'IL VIENT VERS NOUS !
MERCI BEAUCOUP POUR TON AIDE ! GRÂCE À TOI, J'AI PU BATTRE L'ORGANISATION Z AUJOURD'HUI !
TU ES UN VRAI MEMBRE DU CLUB DE PINK PANTHER X !!
JE VOULAIS TE SERRER LA MAIN !
...

TWIK!
SI T'AS BESOIN DE L'AIDE D'UN ENFANT POUR VAINCRE, T'ES PAS AUSSI FORT QUE ÇA, X.
HA HA HA ! TU AS LA LANGUE BIEN PENDUE, PETIT !
LA VOIX EST UNE PEU DIFFÉRENTE... MAIS POUR NOUS QUI L'ENTENDONS AUSSI SOUVENT, IL N'Y A PAS DE DOUTE...
EUH, EST-CE QUE PAR HASARD C'EST...
MAIS QU'EST-CE QUI S'EST PASSÉ ?!
ON NE SAIT PAS...
TIENS, J'AI TOUJOURS PAS RETROUVÉ TÊTE DE PAILLASSON !
RAN EST PEUT-ÊTRE PARTIE S'AMUSER AILLEURS DANS LE PARC !
VIENS, RUI, ON VA ALLER MANGER !
MOUAIS...
AH, J'ALLAIS OUBLIER...

JE T'AI TROUVÉ UN SURNOM.
QUI ? MOI ?
"SAUTERELLE", PARCE QUE TU PASSES TON TEMPS À SAUTILLER DE NERVOSITÉ PARTOUT !
T'AS INTÉRÊT À T'ACCROCHER ET À FAIRE DES EFFORTS POUR ÊTRE PLUS CALME, PARCE QUE REI EST AUSSI POPULAIRE AVEC LES FILLES QUE MOI...
CE TOUT PETIT GAMIN VIENT DE VOIR SUPER FACILEMENT TOUS MES DÉFAUTS ET ME LES A JETÉS À LA FIGURE !!
RUI ! JE VEUX UN SURNOM MOI AUSSI !
...
"FEMME-ENFANT".
NOON !
JE NE VEUX PAS D'UN SURNOM PAREIL !!
MALGRÉ TON ÂGE, TU FAIS TOUT POUR AVOIR L'AIR D'UNE PETITE FILLE, IL TE COLLE À MERVEIL-LE.
MAIS NON, CE N'EST PAS VRAI !!
COMMENT ÇA, JE NE RECEVRAI QUE 8 EUROS DE PAIEMENT ?! J'AI MÊME BATTU LES MÉCHANTS !!
ESTIME-TOI HEUREUSE QU'IL TE RESTE ENCORE 8 EUROS APRÈS QUE TU AS DÉTRUIT TOUS LES DÉCORS ET RENDU LE SHOW COMPLÈTEMENT CHAOTIQUE !!
ORDURE !!

MERCIIII D'AVOIR LU JUSQU'ICI !!
SUPER GALS!
LE "FIRE" DE MIHONA !!
REPORTAGE SUR LE STUDIO DE DOUBLAGE !!
CLAP CLAP CLAP !
DEVINEZ QUEL EST L'UN DES TROIS TRUCS QUE J'AIME LE PLUS AU MONDE ?!
CE SONT LES DOUBLEURS !
ARDON, E SAIS QUE JE SUIS BIZARRE.
JE NE VAIS PAS DIRE QUI C'EST, MAIS J'AI DES AMIS DOUBLEURS ! ET CE QUE J'AI TOUJOURS PENSÉ D'EUX, C'EST...
ILS ONT UNE SUPER VOIX ! ILS ONT DES SUPER BELLES DENTS ! ILS SONT DE SUPER BONS ACTEURS ! UN SEUL DOUBLEUR PEUT REPRÉSENTER UNE INFINITÉ DE RÔLES ! ILS PEUVENT AUSSI IMITER N'IMPORTE QUI... LES DOUBLEURS SONT INCROYABLEEEEES !
UNE JOURNÉE CHANCEUSE DE JUILLET.
ET DU COUP, ON EST ALLÉES ASSISTER AU DOUBLAGE DE L'ÉPISODE 17, OÙ AYA DÉCLARE SON AMOUR.
ET PUIS UN BEAU JOUR...
ILS VONT FAIRE UNE SÉRIE TV DE GALS.
C'EST TOMY.
ZWOOM
C'EST PÔ VRAIII ?!
CE JOUR-LÀ, J'AVAIS LES CHEVEUX LISSES.
OH YEAAH !!
OÙ EST LE STUDIO ?
DEUX FILLES CONTENTES.
"S", DU STAFF DU PROJET GAL (DANS LE MAGAZINE).

LE PRODUCTEUR DU STUDIO PIERROT.
LE STUDIO EST SITUÉ AU SOUS-SOL POUR QUE LES BRUITS DE LA RUE NE LES DÉRANGENT PAS.
RENTREZ, MAIS NE FAITES PAS DE BRUIT, ON EST EN TRAIN DE TRAVAILLER DESSUS EN CE MOMENT MÊME.
OKKK !! PAS DE PROBLÈME !
EUH...ARRÊTE DE CRIER...!
WOW, ILS ONT DES DOUBLES PORTES...
AHH !!
TWIK
LE RESPONSABLE DE LA MUSIQUE.
ON VA COUPER LES LIGNES 116 ET 117...
(PARDON, ON NE LA VOIT PAS BIEN DE DOS.)
RIE KUGIMIYA.
IL Y A ENCORE D'AUTRES DOUBLEURS ASSIS PAR LÀ.
OMA ICHIMURA.
MEGUMI TOYOGUCHI.
KENICHI SUZUMURA.
HARUNA IKEZAWA.
HIROSHI KAMIYA.
LES PIEDS DE SUZUMURA.
RYÛ MANATSU.
SAZAO.
C'EST FOU CE QU'ILS ÉTAIENT SÉRIEUX !!
LES DOUBLEURS PRENAIENT TOUS DES NOTES D'UN AIR SUPER SÉRIEUX PENDANT QUE LE RESPONSABLE DE LA MUSIQUE FAISAIT DES MODIFICATIONS DANS LE TEXTE POUR QUE ÇA COLLE.
PENDANT CE TEMPS-LÀ, JE LES REGARDAIS, COLLÉE À LA PORTE VITRÉE.
BLAM
EUH... MIHONA ?
DANS LA VERSION ANIMÉE DE L'ÉPISODE, AYA VA VOIR UNE VOYANTE QUI LUI DIT QUE SON ANIMAL EST LA TAUPE... ET QUE SA PERSONNALITÉ SOMBRE ET COLLANTE EST UN HANDICAP POUR UNE RELATION AMOUREUSE.
LES PERSONNAGES VONT TOUS S'AMUSER DANS LE PARC, RAN FAIT TOUS CE QU'ELLE PEUT POUR ÉCHAPPER À LA POURSUITE INCESSANTE DES MINI-DÉTECTIVES...IL Y A PLEIN DE TRUCS, JE NE VAIS PAS TOUT VOUS RACONTER !!
SI VOUS L'AVEZ PAS ENCORE VU, ATTENDEZ LE DVD OU LES VIDÉOS !
MILLE PARDONS SI VOUS NE L'AVEZ PAS ENCORE VU !!

APRÈS LE DÉCOUPAGE, IL Y A LE PREVIEW, QUAND LES DOUBLEURS REGARDENT L'ÉPISODE POUR LA PREMIÈRE FOIS PENDANT QU'ILS RÉPÈTENT LEUR TEXTE.
(ILS N'ONT PAS ENCORE LEUR MICROS.)
COMME IL Y A ENCORE DU TEMPS AVANT QU'ILS DOIVENT PASSER AU DOUBLAGE, C'EST UN MOMENT ASSEZ DÉCONTRACTÉ, ET COMME LES MEMBRES DE L'ÉQUIPE DE GALS SONT TRÈS PROCHES, ILS DÉCONNENT PAS MAL À CE STADE.
PAR EXEMPLE...
...AU MOMENT OÙ RAN DEVRAIT CRIER "OTOHATA !"
HÉ, DUCON !
KWÂ ?!
ET AUTRES TRUCS DU GENRE. (RIRES)
BWA HA HA HA !
ALORS QUE DANS L'ANIME, RAN ESSAYE TOUT LE TEMPS D'EMPÊCHER SAYO ET MASATO DE CHANTER LE GÉNÉRIQUE DE LEUR SÉRIE PRÉFÉRÉE...
SUPER AGITÉE.
MOI AUSSI JE VEUX CHANTER LE THÈME DES MINI-DÉTECTIVES !
ENTRE AUTRES. (RIRES)
AU MOMENT OÙ REI EST TOUCHÉ PAR LA TRISTESSE D'AYA...
LA PAUVRE ! (CHIALE)
TOUT LE MONDE EST TRISTOUNET.
SNIIIIF !
JE... JE SUIS UNE TAUPE...
AU MOMENT OÙ YÛYA DEVRAIT DIRE "ÇA VA ALLER, AYA !"...
ÇA VA ALLER, LA TAUPE !
FIGHT, LA TAUPE !!
LA VICTOIRE EST À TOI, LA TAUPE !!
MERCI LES COPAINS...
ELLE AVAIT PLUTÔT L'AIR HEUREUSE...
ET TOUT LE MONDE SE MOQUAIT DE L'HISTOIRE DE LA TAUPE.
ZWOM
QUANT À MOI, J'ÉTAIS DE L'AUTRE CÔTÉ DE LA GLACE, ET JE TROUVAIS LES BLAGUES TELLEMENT MARRANTES QUE JE RIAIS JUSQU'À EN AVOIR MAL AU VENTRE !!
GYAA HAHA !
'SONT TROP FORTS !

MAIS DÈS QU'ILS SONT PASSÉS À LA RÉPÉTITION SÉRIEUSE, ILS ONT TOUT DE SUITE ARRÊTÉ DE DÉCONNER ET SE SONT MIS À BOSSER COMME DES FOUS !
SI TU L'AIMES, ALORS T'AS QU'À LUI AVOUER TES SENTI-MENTS !!
QUAND JE VOYAIS LES FLAMMES DANS LEURS YEUX AU MOMENT OÙ ILS DISAIENT LEUR TEXTE ET QUE C'ÉTAIT PARFAITEMENT SYNCHRO AVEC LE PERSONNAGE, J'ÉTAIS IMPRESSIONNÉE !
CE SONT LES YEUX D'UN PRO !
ET C'EST PARTI POUR L'ENREGISTREMENT !!
MEGUMI TOYOGUCHI ÉTAIT PARFAITE DANS TOUS LES ASPECTS POUR LE RÔLE DE RAN !
ELLE ARRIVAIT À FAIRE TOUS LES TRUCS LOUFOQUES QUE RAN FAIT SANS MÊME QU'ON SE RENDE COMPTE DU MOMENT OÙ ELLE S'ARRÊTE POUR REPRENDRE LA RESPIRATION, ET ELLE NE PERD JAMAIS LA VOIX !
HARUNA IKEZAWA A EU L'AMABILITÉ DE ME DIRE QU'ELLE AVAIT DÈS LE DÉBUT VOULU JOUER MIYU, "À CAUSE DE SA GENTILLESSE ET DU FAIT QU'ELLE COMPRENNE PROFONDÉMENT LA DOULEUR QUE LES AUTRES PEUVENT RESSENTIR." ELLE ÉTAIT SI BIEN QUE JE N'ARRIVAIS MÊME PAS À CROIRE QU'ELLE JOUAIT UN RÔLE QUAND ELLE LISAIT SON TEXTE.
OMA ICHIMURA ÉTAIT ÉGALEMENT GÉNIALE POUR SON RÔLE. ELLE ARRIVAIT PARFAITEMENT À DÉLIVRER TOUTES LES NUANCES DU PERSONNAGE D'AYA.

HIROSHI KAMIYA ÉTAIT SI PARFAIT POUR SON RÔLE (REI) QUE JE PASSAIS MON TEMPS À ÊTRE SURPRISE.
JE VOUDRAIS REFAIRE CETTE SCÈNE.
OUI!!!, LE PARC D'ATTRACTIONS !!
ON POURRA Y RENCONTRER L'INSPECTEUR !!
RIE KUGIMIYA AGITAIT SES BRAS COMME UNE FOLLE ET CRIAIT LE TEXTE DE SAYO EN AYANT L'AIR DE S'AMUSER VRAIMENT !
TRA LÀ LÀ LÀ LÈRE
ET KÔKI MIYATA, QUI FORME AVEC ELLE LE DUO SAYO MASATO ÉTAIT LUI AUSSI DANS SON ÉLÉMENT !
IL EST SI JEUNE ! ON DIRAIT VRAIMENT UN GAMIN.
TU POURRIS L'AIR DE TA PRÉSENCE !
HÉ
AYA ISHIZU EST SI GENTILLE D'HABITUDE, MAIS DÈS QU'ELLE ENTRE DANS LA PEAU DE SON PERSONNAGE (MAMI HONDA), ELLE EST TERRIBLEMENT FÉROCE ! VOICI AUSSI REIKO TAKAGI (HARUE).
DE QUOI!! ?!
HÉ !
ELLES SONT TRÈS MARRANTES À REGARDER !
RAAAN !
À FOND DEDANS.
ET IL NE SE TROMPE JAMAIS DE LIGNE !
KENICHI SUZUMURA, (YÛYA) RENDAIT LE TEXTE ENCORE MEILLEUR QUE PRÉVU.
C'EST VRAIMENT 150% GÉNIAL (JE SUIS INCOMPRÉHENSIBLE).
HIROKI TAKAHASHI, QUI JOUE YAMATO, EST SI DOUÉ QU'UNE AURA SE DÉTACHE TRÈS DISTINCTEMENT DE LUI. AU MOMENT OÙ IL COMMENCE À DIRE SON TEXTE, ON DEVIENT MUET D'ADMIRATION.
HELLO, HACHIKÔ !!
GINZÔ MATSUO (TAIZÔ) ET RYÛ MANATSU (NAKASEN) NE SE LAISSENT PAS DÉPASSER PAR LES PLUS JEUNES !
KOTOBUKI!!! !!
M. MANATSU A JOUÉ DANS ULTRAMAN, DANS LE TEMPS !! CLAP CLAP CLAP !
ILS NOUS ONT MONTRÉ COMBIEN ILS SONT DES ACTEURS MÉMORABLES !
RÈGLES DE LA FAMILLE KOTOBUKI !!
YUKIMASA OBI, LE DOUBLEUR DE TATSUKICHI, A UNE PÊCHE D'ENFER ! À LE VOIR SAUTER DANS TOUS LES SENS EN SE TROMPANT DE TEXTE, JE TROUVE QU'IL EST TOUT À FAIT COMME SON PERSONNAGE !
DONNE-M'EN PLUS.
IL FAIT DE SON MIEUX !
IL ARRIVE À SAUTILLER SANS DÉCOLLER SES PIEDS DU SOL !

QUAND L'ENREGISTREMENT S'EST TERMINÉ, LE DIRECTEUR À REMERCIÉ LES ACTEURS, ET À CE MOMENT-LÀ J'AI VRAIMENT RÉALISÉ... LA VOIX, C'EST UNE CHOSE VIVANTE ! C'EST ELLE QUI DONNE VIE AUX PERSONNAGES.

IL A FALLU 4 HEURES POUR ENREGISTRER UN ÉPISODE DE 30 MINUTES. C'EST UN MONDE OÙ UN DIXIÈME DE SECONDE A UNE IMPORTANCE CAPITALE.

LES DOUBLEURS ONT TOUS DIT QU'ILS CONTINUERAIENT À FAIRE DE LEUR MIEUX ! CE JOUR-LÀ, AU PRIX DE PLEIN D'EFFORTS PHYSIQUES ET MORAUX, ET GRÂCE À TOUT CE TRAVAIL D'ÉQUIPE, UN DESSIN ANIMÉ EST NÉ...

INOCHI!

USA